脱落的青春

TUOLUO DE QINGCHUN

时代出版传媒股份有限公司
安 徽 文 艺 出 版 社

周典静

民盟合肥市委委员、合肥市政协委员，毕业于合肥教育学院，创立的贝乐集团，是安徽教育知名品牌。

脱落的青春

TUOLUO
DE
QINGCHUN

周典静 著

时代出版传媒股份有限公司
安 徽 文 艺 出 版 社

图书在版编目（CIP）数据

脱落的青春/周典静著.—合肥：安徽文艺出版社，2017.11
ISBN 978-7-5396-6119-3

Ⅰ.①脱… Ⅱ.①周… Ⅲ.①散文集—中国—当代
Ⅳ.①I267

中国版本图书馆 CIP 数据核字(2017)第 148131 号

出 版 人：朱寒冬
责任编辑：张妍妍　　　　装帧设计：褚　琦

出版发行：时代出版传媒股份有限公司　www.press-mart.com
安徽文艺出版社　www.awpub.com
地　　址：合肥市翡翠路 1118 号　邮政编码：230071
营 销 部：(0551)63533889
印　　制：安徽联众印刷有限公司　(0551)65661327

开本：700×1000　1/16　印张：10.5　字数：180 千字
版次：2017 年 11 月第 1 版　2017 年 11 月第 1 次印刷
定价：40.00 元

青春的涅槃

——读周典静的《脱落的青春》

吴雪

青春是人生最美好的岁月。它是人生交响乐最初的音符,每个人的交响都由此开始演绎出波澜壮阔的人生乐章。美好的理想、奋斗的事业、初恋的爱情、幸福的新家,交织出五彩缤纷的青春画卷。周典静用自然真挚的笔调记录了自己青春的履痕、心路历程和对青春的感知与升华,读来让人仿佛又回到年轻的过往,青春的小溪又重新流过,既欢快清纯、欢乐浪漫,又充满活力、充满新奇。

《脱落的青春》告诉人们,青春,是每个人自己书写的、无法替代的人生序曲。青春无怨,青春无悔,在周典静看来,青春的脚步,总是跟不上匆匆的时光;青春的追寻,总是来不及时时地回望;青春的脱落,自然是禁不住泪潇潇飘落在梦里的美好。正如保尔·柯察金所说的那样,“一个人的生命应当这样度过:当他回首往事的时候不会因虚度光阴而悔恨,也不会因碌碌无为而羞愧”。十年的贝乐铸成了合肥幼教的品牌, 十年的阳光温暖着孩子们快乐成长,十年的愿望编织起孩子们美好梦想,十年的脚步丈量过保育事业的远方!从此,自信而执着。

十年艰辛,十年奋斗,十年求索,十年担当,收获了十年硕果飘香,这是青春的收获,这是收获的青春。在周典静的眼里,青春在磨砺中涅槃,天空在风雨后华彩。在绽放的青春中绽放自己,在燃烧的青春中燃放自己,青春苦短,青春无价，青春易逝。《脱落的青春》与其说是生活在诉说，不如说是心灵在诉说。关于创业，关于初恋，关于爱情，关于贝乐，关于丫丫，关于十年。静观天下，静在其中。在周典静的眼里，青春的生活是自然的，也是理性的；是宁静的，也是热烈的；是浪漫的，更是思辨的。

因为热爱，所以真诚。因为明白，所以宁静。因为执着，所以柳暗花明。因为懂得放下，所以融会贯通。常言说，心有多大，舞台就有多大。其实，心的大小在于自己对人生的认知和觉悟。如果心里装的是大爱，装的是孩子们，装的是美好的未来，那么，你的人生格局就会豁然开朗，"把心放宽了，爱就能更多更大。"

青春的时光不能选择，但可以选择自己青春的步伐。青春虽已匆匆而过，但青春留给人们久远的回望。明心见性，就会收拾好自己的行囊，不忘初心，继续前行去远方。青春是起点，脱落的青春是新的起点。面向前方，春暖花开……

（作者系安徽省文联主席，中国书法家协会理事、安徽省书法家协会常务副主席）

自　序

不知道怎么写自序，只知道这本书里所有的花，都是北京这个春天里最美的花，就是青春那样，灿烂无边吧……

本来准备36岁完成的作品，因为生活的变故，搁浅了。这样也好，多了一段岁月可以记载。

青春，就像盛开的鲜花，可以鲜艳，可以燃烧。青春里更多的是疼痛，疼痛不是扣分项，它是你死水微澜时唯一的英雄梦想，是你唯一不用交换价值来衡量自己成功与否的美好所在。

这样的青春，你有，他有，我们都有过。痛苦和失去，都是年轻的力量，你不要骄傲你被谁爱过，你要骄傲你如何爱过一个人，哪怕是一个不可能的人。

爱情肯定是生而为人最值得为之冒险和犯傻的事情，那种满足感是让你做神仙都不愿意去交换的，不是吗？

青春，关乎成长、选择、爱情，关乎碎裂和重生。

这里的忧伤是所有人的，这里的孤独是青春的记忆，这里的少女心却留给了我生命里的人……

木心说:岁月不饶人，我亦未饶过岁月。

青春过后，不会只留下苍凉。

清明、练达，青春过后，我们知道了自己这一生最需要什么，因为知道了什么时候妥协，什么时候放弃。练达是豁达地看待自己和别人及生活，因此由内而外地从容和淡定。青春过后，那颗少女的心，依然相信爱情，只不过觉得青春也是自然脱落的过程。

褪去的兴奋，燃点提高，却依然在期待。

有人说，林林总总、密密麻麻的孤独攀上我们伸展的枝干、向阳的脸庞。

有些孤独被我们挣脱，落入大地，生根发芽；有些情怀，被风带走，千里传播，寻求共鸣。希望看到这里的忧伤，你能给我一个遥远而温暖的拥抱；希望在这里看到的美好，你也曾真实地拥有过。

据说古老的印第安人有个习惯，当他们的身体移动得太快的时候，会停下脚步，安营扎寨，耐心等待自己的灵魂前来追赶。

有人说，三天停一停；有人说，七天一停；总之，人不能一味地走路，要驻扎在行程的空隙中，和灵魂会合。

且把这本书当成我生命中的一个驿站吧，算算日子，也该让她歇歇了。

那时岁月，像《恋爱的犀牛》中一样，心碎的声音比什么都美。几乎是每一个人都听到过“不忘初心，方得始终”，却少有人知道下句“初心易得，始终难求”。

坚守，也是一种美好，虽然带点心事，带着难言的痛，但我却每天笑嘻嘻地生活在阳光的大地。

愿你虽是一路颠簸，但发自内心平安、喜乐。

感恩生命里所有温暖的遇见，于是，我成了最好的自己。

目·录

关于初恋

爱情在每个人的人生中，开始的时间都不一样，初恋也似乎在存在与不存在之间。

只是美好的感觉令人难忘，我想很多人都无法确定自己的初恋是谁，但一定与单纯、专注、坚定、刚硬有关，可以在青春岁月里存在很久，可以抵达的深度无可测量。很多人的初恋被确定在现在的日子里，以现在的认知来判断，一定无法准确，我其实就是没有初恋的人。

愿你有好运气，如果没有，愿你在不幸中学会慈悲。

女人不在乎历史，只在乎心里的感情世界。

——严歌苓

我现在记得有人告诉过我："缘分不是等待的，而是需要创造的。"我且把这个人当成我的初恋吧，以此问安彼此的青春。与你有关的，我无从表达。

你优秀，有太多未尽的事宜。

我单纯，在走在你身后的岁月。

一起走入课堂，只记得你的样子。我们各自青春飞扬，在不同的学校，在不同的城市。写你，满怀心酸，只有一张没有一个字的明信片。

火红的玫瑰闪耀在明信片上。

想念与爱情有关，你怎能不在？你却不在。

好想你还在我的生命里。油菜花开的时候，我去看你，满山遍野的花朵，你如此的安详，我泪洒春天，却成了永恒，成为无法界定的初恋。相见，在午夜梦回。

关于爱情

爱情在任何时候，超越时代，超越千山万水，是生命里最好的礼物。

而在此刻，写作之于我，是把记忆之门打开，与爱情在一起。爱情是最深沉的幻觉，充满勇敢，在其中我们获得实践感，爱情最伟大的结局，变成亲情，厮守终老。而年轻岁月里的一切，终究会过去，在那样的日子里，不是不懂，不知，而是不问，不计较，不追究，彼此都是生命的唯一，那时候能带来美好爱情的都是诚实和给予。一个吻，一个电话，一次等待，一枝玫瑰花，或者一个拥抱，都成为永恒。每个角落都晒满阳光，在一起的日子，疼痛都是值得纪念的。

每个人最感幸福的爱情里一定要有真心疼你的人，为你烧一桌菜，为你排队看一场电影，或者在阳光下骑单车载你，让你长发飘扬。这一切关联着喜悦，笃实，明朗，饱满，都因为期待爱我，靠近我，永远。现在才知道，一分钟也是永远，爱过就是永远。爱过就是生命里的人。有时候必须放弃在关系里对待彼此的问题和困难保留余地，并寻求各式借口逃离的人。爱不再是索取和自我满足，才可以长久。爱一定是一种喜悦。真正的爱没有心机，单纯而朴素，是自然而亲密的喜悦。心所要的不多，只要足够的欢喜，只有自己足够好，才可以遇见真正的爱。

无论多么强大，我们仍然孤独，这是爱的本质。我们以为曾经爱过的人不会走，可他离开后，生活还在继续，他留下的痕迹会被日子抹去。突然明白没有他日子也可以过得很好，疼在彼此爱的梦里，可以哭一场。遥远而明媚的青

对一个人最好的方法就是放下。无论再想念也不会去打扰。

真正的积极，多半是建立在笃定的绝望之上。

春年华里，第一个吻被放弃了，彼此仍然都在疼痛。

说着不再相信爱情，却依然相信爱情。就算找到了，怎么才可以永恒？

在太年轻的岁月里，除了爱，一无所知，所以弄丢了对方，所以才懂得爱。

所以才知道爱情需要经营，所以再后来不要永远，只要在那里好好爱，彼此成为对方生命里的人。

爱，生生不息……

归根都是命运

这是个感受最美的秋天，突然想起从伦敦到温莎城堡的那条路，美到极致，红色、黄色层层叠叠，云朵在蓝天上掉向漩涡，公主王子的故事忽然在脑海中呈现，想写并有了记忆，就像身体里复苏的记忆，咬紧岁月，一一涌现。

下午的阳光正好，台风像要来临，金色的桂花在吸收充足的雨水后饱满地绽放，空气中桂香扑鼻，石榴、柿子挂满了枝头，还有院子里的那些香橙，七零八落地挂满枝头；花朵分享着各自的芬芳，这一幕成为一个永恒，成为心底柔软的烙印！

今天把秋天打湿了，潮湿的痕迹挂在枝头，我们想念的、看见的都是过去和离我们很近很近的自己。有些人在生命中是另一个自己，让你表达、呈现出的都似阳光下鲜艳的花朵。走过我的小小的岁月,存在都会被想念,我不说,你也会懂得……大地从眼前露出弧形的边,尽头于云中消失。在我的岁月中,珍珠只能是水的分子,但它永远是我的珍珠……

三十六年的岁月刹那间在心中融化,交混为一,卷起尘埃。长长的日子聚在一起,围绕情怀盘旋,纪念来造访世界的一切。

回忆拥有无限的力量,所有的一切都会出现记忆的轮廓,早年的大雪,老师,外婆,童年,一幕幕,像蓝天上的云朵,循环、往复……

弟弟过九日的那天,正月里,大雪纷飞,我到大伯家借凳子,坑坑洼洼,在雪堆里打转,这一年我五岁。

唯一可以记得的温暖,在五岁前……

门前的那棵皂角树,妈妈说可以用它的树叶洗衣服,除脏。夏天里,蜘蛛在树上雀跃,隔壁的邻居经常一起吃饭聊天,红豆稀饭搭配咸豆角。

妈妈爸爸经常买回些点心,油条、花卷、狮子头、烧饼,远远的那条路是他们回家的路……

记忆里在上小学时,我和平带了工具去打扫卫生,带了锄头,打算在路上收获看到成熟的红薯。开始忙碌,一不小心我的无名指被削下一小半,拿了张纸裹了起来,那时候并不觉得疼。下课的时候去学校后面的小店喝水,上课铃响了后,摔了一跤,被锄的指头只挂了点皮,表姐来看我时,哭得很伤心,而我,只是笑。

上小学最幸福的事,就是去外婆家,和在爸爸的电影院里看电影……锅巴、西瓜、糖葫芦、带着蚊帐的外婆的床,还有大舅妈腌的豆角,组成我无法忘记的童年……

相距三十年,却仿佛近在身边……

如今可以是随意的、感慨的,笑着和你说……

天空是蓝色的。

大地陷落之间，谁在淡淡地说着永远？

我都记得。

而我，经历确定的成长，人生的模式在那一刻是否确定？有了重复的爱的表达，今天我成了情绪稳定安然于命的女人，得以幸福地生活，与人白头偕老。每个人的人生不曾在假设，都是精彩的人生……

如此种种，皆为生之愉悦！

记忆里，我在电影院里长大，卖瓜子，检票，那些温暖的有爱的日子，让我特别舍不得离开爸爸妈妈。

妈妈的敬老院，院子里是那些鳏寡老人、桂花、凉席，还有好吃的饭菜。

特别地想念奶奶，在轮椅上为我们烧了十年的饭。

那个大家闺秀，那个被爷爷宠坏的女人就是我的奶奶。

时间到了秋天，今年总有雨，洗净一切烦乱，想念家乡，想念那里的马路。岁月开始明朗，淡淡的油菜花，想念的人和物，也在我的脑海像野菊花一样生长，茂盛自在。

时间在夜里，梦见童年，嗅到妈妈的香香——雅霜，淡淡的却是永恒。

很多的一切都在我的记忆中醒来。

不想去占有却已经占有的，铺在自己的生命里。

记下想记录的一切，我还是觉得有难度，心存敬畏，迟迟的想念在这里表达。

相信人生真正美好的东西都是不可说的，享受阳光，但因为不知道还有多少个可以醒来的清晨，所以试着说起……江山风月，本无常主，闲着便是主人。

冬天来临之前，间或睡眠，与人约见，清扫内心空间，在混沌和清醒之间，度过时日，感受到了那个该写的季节。

用一场雨建立空间，用一把伞构筑记忆。

童年是记忆的秋天，硕果累累。记忆里有你的影子、我的铅笔，还有无名的歌曲，那时的心情是慢的，时光从一个夜晚到另一个夜晚，从一个白天到另一个白天，慢慢地。你我只能在照片里相逢，却成了永恒，在彼此的记忆里。原来一切都是真的。每个人都会和童年告别，各自走到新的岁月里，但心里却依然充满尊重，充满温暖。在春天蚕豆花、油菜花开的时节，坐于田埂上……时而阳光强烈，时而浓云飘过，落下清凉硕大的雨滴，大风掠过，绿叶如浪向前推移，这景象使人入迷，远处静谧的村庄，在云朵里安然，炊烟袅袅。

相信很多人的童年缺少拥抱、亲吻、关注、鼓励，于是爱的安全感，成为一代又一代努力的人们追求的目标，这些人需要自我的帮助和教育来让自己的伤口愈合，最终发生的一切都是正确的。

时光在指尖流逝。

本命年的冬天来临之际，遇见灾难，煎熬和痛苦让生命在第三十六年里沦陷，这些都该如何与你诉说。静静地坐在这里等候，这个冬天除了大雪纷飞，就是阳光明媚，不暧昧，没有雨水。还有十几天就是农历的新年了，春天似乎在阳光里等待。这个世界依然是雾里看花，纷纷扰扰，只是我如此平静。一段岁月离去，一种人生告别，劫难之后，何时可以复生？孩子参加活动，家里也如此安静，阳光晒在我的背后，耳环在影子里晃来晃去，一抹抹岁月的剪影在眼前闪过，我终究属于我自己。梦里的相见还在脑海里，也许那也是相逢的方式。你说呢？

身的奔波，本为成全心的自由，爱的人在哪里，该如何去面对？一直认为最好的爱情，需与时日一起生长……计算着我们走过的那些年，那些心，那些陪伴，我们都会一直在……没有你，我的爱都无法给予……

不再给予，不想给予，每天都在为你守候。

习惯了寂寞，就当你去远行。在白色的床上守着我想你的心，像在雪地里，沉香依然在燃烧。每一天，你都应该感受到……告诉自己，不要再用眼泪呼唤。

刻骨铭心的，原本风轻云淡。

人生本是没有意义的，但每个人要为之确立一个意义，此刻我人生的意义是和需要我的人在一起，安静无声……

伤害可以让一个人成长，时间可以让一个人坚强，有些事情可以让一个人一夜之间学会看透这美好的人间。

看那些灿若春花的人生，在转瞬间就烟消云散，我就在想，人类为什么总要经历那么多的浩劫、那么多的灾难，生命真是脆弱极了，任何一点点意外都可能使它夭折。

我一直觉得人的一生其实就考虑两大问题，爱与恨，生与死。其他的一切问题都是依附在这两大主题上的。尤其是生和死，它们的来与去，都由不得我们。我们只好主宰生和死之间的那短短的一段时光。活着，就活好。

要给人阳光，心中必须拥有太阳。

可是，一个人要活得有尊严，要死得有尊严，都不是那么容易的事。

这世间，所爱的人不爱自己，爱自己的人不是所爱的人，令狐冲与岳灵珊、任盈盈的凄凉是一样的。或许，被爱总是比爱人要容易得多，所以，在沧桑看尽之后，择一良人相守，无须想爱与不爱，未尝不是爱情的另一种选择。

在长大的岁月里，我们从未变化，只是越来越清晰地成为自己。

阳光洒在冬天的田野里，我泪如雨下，在奔驰的列车上，十年的岁月一幕幕闪在眼前。这第十一年的新年我们确定不能在一起过了，我相信从来没有注定的不幸，只有死不放手的执着。

我们应该做出自己生命里一些真正的决定。做了选择后，不管有再大的困惑还是孤单，都要继续往前走……

每一个人都曾经年轻过，有力，强壮，承担着家庭、孩子、说不清的梦。在我们活着的时候，依稀觉得自己无所不知，无所不能。但某一天，无常经常会突然给我们一个结果，一个显示。让我们无奈、绝望、惊愕、悲伤，然后又逐渐麻木至忘却。美好的东西会失去，生命会有疾病和意外，人会死亡。世间脆如危楼，没有坚固。

沧桑之后的相约，如同陌路上的隔岸观火，热烈却无动于衷。

正因为看到了人生无常的一面，我意识到人生的繁华、苦难、梦想和欲望，在顷刻间都有可能纷纷落下，生之无常。

年少时，人不懂得如何去爱，不知幸福是何物，更无从担当。

爱的本质，也许是一种考验。考验彼此的明暗人性，考验时间中人的意志与自控。欢愉幻觉，不过是表象的水花。深邃河流底下涌动的黑暗潮水，才需要身心潜伏，与之对抗突破。人年少时是不得要领的，对人性与时间未曾深入理解，于是也就没有宽悯、原谅、珍惜。需要更长远的路途，迂回转折，来回求索，才能获得对自己与对他人的释然。

回头观望来时路，看到荆棘残余、血肉横飞，残酷青春如同白色素绢上面残剩的斑斑血迹。我们最终获得的内心释然，能够把它们涂抹成一树自开自谢的桃花，自有一种深意和优雅。

一切原本有迹可循，每个人也只有在尝尽甘苦之后，才能坦然自若。而世界上所有的幸福，原本都是平庸的，也是细微的、琐碎的、脆弱的。如果包裹着我们的时间和历史，是一条壮阔河流，那么幸福就是早晨折射在波浪上的云霞和日光，是深夜的月色和雨水，是随波逐流的鱼群和花枝，是一个岸边观望者的逡巡。

有些人和事的出现，是为了在我们的世界里打开一扇门，照亮一条通道，让你知道，曾经在一个幽闭的房间里没有烛火而固执地寻觅，是多么辛劳。有一些洁白的真相和黑暗的阴影，一起出现，互相衬映。门被打开，通道被呈现，生命因此获得新的提示，得以前行。为之付出的代价，是必须要背负身上的行囊。它警示你不能停留，但可以在路途中栖息，获取这幸福的光芒。如同在旅馆的梨花树下小坐，清茶浅酌，花好月圆。爱着一个人，并且为之所爱。长路且行且远，心里有着单纯而有力的意愿。

这所有的一切都要担当，并且感恩铭记。

又是一个春天来了，春风拂面而过，风信子迎风绽放，想念开始放眼远方。万物生长。

最难忘小时候的日子，我的家安在了电影院里，我把手塞到看不到人的售票处买电影票。我们就住在放映厅的隔壁，门口还有卖瓜子的阿姨。也许是因为小时候看的电影太多，记不住，但这些电影让我变得文艺。

这是个感受最美的秋天，我好像突然想起从伦敦到温莎城堡的那条路，美到极致，红色、黄色凌乱不堪，云朵在蓝天上掉向漩涡，公主王子的故事忽然在脑海中呈现，想写些什么并有了记忆，就像身体里复苏的记忆，咬紧岁月，一一涌现。

下午的阳光正好，台风像要来临，金色的桂花在吸收充足的雨水后饱满地绽放，空气中桂香扑鼻，石榴、柿子挂满了枝头，还有院子里的那些香橙，七零八落地挂满枝头，花朵分享着各自的芬芳，这一幕成为一个永恒，成为柔软的心底的烙印！

今天的雨把秋天打湿了，潮湿的痕迹挂在枝头，我们想念的、看见的都是过去和离我们很近很近的自己。有些人在生命中是另一个自己，让你表达、呈现出的都是在阳光下鲜艳的花朵。走过我的小小的岁月，存在都会被想念，我

无论遇见什么，请善待自己。

不说，你也会懂得……大地在眼前露出弧形的边，尽头于云中消失，比起这个世界，在我的岁月中珍珠只能是水的分子，但它永远是我的珍珠、女人的珠宝。我是千万个女人之一，似曾相逢的面孔，相信你也会熟悉……

三十六年的岁月刹那间在心中融化，交混为一，卷起尘埃。长长的日子聚在一起，围绕情怀盘旋。以此文纪念来造访世界的一切。

无法忘却的十年

今天在上海的家,不经意吃饭间,和爸爸谈到了幸福……爸爸说,没有结婚的岁月最幸福……我马上纠正,没有结婚时是自由的幸福,结婚、生子是天伦之乐的幸福,同样是珍贵的。

回想2000年到今天,生命中记忆犹新的十年又快要结束了……

我静静地回想这段青春岁月中最美的十年,爱情、婚姻、孩子、事业,我心存满满的感激。我的心把生命年轮的过去、现在,和未来洒上美丽的香水,无论何时打开都沁人心脾。

青春是世上最美的花,我们每个人都曾拥有,在记忆中有些人是无法代替的,是因为我们留恋,还是未曾得到?

今天的我不再留恋繁华,不再蹉跎岁月,珍惜所有生命的赋予,洗尽一切铅华……

我热爱生命,非常热爱。我不只在乎自己的生命,我爱全部的生命。也许是神灵给我力量,让我找到生命的香格里拉。

也许生命不能太执着,像秋天的野菊花,从容而淡定。

这是一个无法忘却的十年,虽然有太多的痛是无法表达的,当然也不再需要表达。这十年太努力,太认真,太勇敢……

今天,我平常地生活,孩子、家庭,还有我心爱的事业,我们是彼此交融的。

有阳光的冬天

今天的阳光真好，我相信冬天里这样的日子一定不多了。

把办公室的阳台打开，空气真的很好。

厚厚的盔甲，也有累累的伤痕。

告别所有的不快乐，做最优秀的自己！就当做了一场没有春天的梦。

静心，感知，享受爱、疑惑与困顿，我面对生活，知足，伤感且快乐。

而每一个细微的感受都会化成养分肥料，滋养我未来的路途。

到了年末，觉得自己莫名的恐慌，是对未来无法预知，还是对美好的现在无法割舍，我不知道。

于是我懂得感觉恐惧不安时，不应躲避，而是正视，并且让恐惧穿透自己，于是解脱。

当我们伤心的时候，要点燃心中的蜡烛，温暖自己。

下雪的日子还是很值得期待，把这个世界重新洗牌。

好怀念十年前的大雪，还有被雪覆盖的记忆。

冬天里，没有温暖的支撑，不知道会不会有人倒下去。

春天已经在冬日的寒风里孕育，一定无比的艰难……

一切的细微在肌肤里跳跃着，像火烛小小的光，炙热却安稳，热情却静谧。

生命虽然有分歧的岔路，却哪一条路都指向美好。一切的恩赐都让我低头感谢。

冬天也会温暖。

十 年

十年岁月里的点点滴滴洒落地上满地都是，捡起来，泪迹斑斑。

十年，在人生中是珍贵的，也是永远的。

一个男人的生命中，总有一个女人，她的出现，不是为了谈情说爱，而是为了改变他一小段人生轨迹的。

这样的女人，往往不会情意绵绵，也不会眉目含情，从她嘴里出现的，大部分是电报一样简短扼要的几个字。那是因为，她相信彼此之间的默契，不需要过多掺了水的车轱辘话。

那一年，参加完同事的婚礼后，我们相约喝茶，你三十六岁，我二十六岁。你的本命年，从春天到夏天，洋溢着幸福，我们大概也不会想到会成为彼此生命里的另一半。

定格里温暖、深刻，还有嘴边浅浅的笑容。

没有人知道我们的世界那里藏着多少温存。也许今天再回忆，我也可以确信，那样的日子，我是你生命中的唯一。

那个我们一起吃火锅的店早已关门了。

岁月在变迁，我们是同一个念想的一体两面。那个念想，叫作青春。

岁月在笑容里化成了茧，这个笑容化茧的过程，用了十年，完整了彼此的一生。

我的悲伤想以微笑的方式与你再相逢。

夜未眠，梦已醒。

安然与守候。

合肥最古老的环城公路,在春天洋槐树花像大串挂在天空的星星,在层次分明的季节与合肥一起古老在五平方公里的城池边，每一天上班下班经过,像去往幸福的大道。

2015年的端午节,天空飘着细雨。

给今天所有买回家的植物都找到了归宿。一切的期待不过是返璞归真。每一个遇见是为兑现前世的承诺。时光轮回,此生有幸,心里放着一个如此回忆的一个人。看遍红木与青山后,原来在的还在,原来的爱从未离开。

走下去。

2008年,那一场雪,如此之大。天使从天空飘落,那是爱的证明。

倒数着,应该是婚后的两个月,有了丫丫。借着周身袅袅升腾的忧伤,乌泱泱地开出了一支又一支徜徉的花朵。

人生多有意思,总是一个意外牵挂着另一个意外,源源不绝,直到生命的尽头,一个人对世界的谅解,大概基于在长大之后,会渐渐地明白,这辈子,我们能拥有的是如此有限。

我是个记性不好的人,丫头出生的那一天,我半醒半醉,感到肚子被扒开的感觉,躺在手术台上,看到了胖嘟嘟的小腿和胳膊。而你守护着天使,在躺椅上睡了一个星期。

女人坐月子是最可以放下的季节,安然、安宁。

写满的记忆里是你开门的欣喜,你溢满期待的表情,一个和你长得一样的丫头降落在了你的生命里,从此,你变得温柔。阳光满落在斑驳的桂花枝头,微风吹过,已是秋天,记忆的曼陀罗储存着过往的一幕幕涌现在脑海,丫头在呵护里茁壮成长。满月后,她随着我们满世界地跑,一个天使在我们的世界徜徉,她富有爱、充满宽容、智慧,而且温和友爱,她成了最好的陪伴者。关联着我们对生命的感恩、期待和祝福。

孩子是成年的纪念，更是一个新的自己。欢愉、感伤，在过去的联结里浇灌补给我们所缺失的，回味童年的点点滴滴。

亲爱的宝贝，人生一定存在着不为人知的艰难。

和你在一起，我们享受着活着的幸福。

所有的容光都会是一场空念，孩子是每个有爱之人的另一种方式的成功。那是生命的延续……

对你的雕琢，我有无尽的爱与勇气。

美也许没有目的，它本身就是目的。宝贝，你就是天使，美的代言。长大了做一个有智慧的女人，永远不拿灵魂做交易，永远不与魔鬼攀缘。妈妈因为你，可以定下心神全心全意地爱这个世界。花一小时陪你吃饭，消磨一个无所用心的清晨，和你疯疯癫癫地一起走世界，满载了太多的爱……

你说，我们的老家要留着。阳光、白色的落地窗帘、微风，那个时候家是那样的安稳、祥和，今天物是人非。

丫头一周岁的生日，抓了个计算器和地球仪，有个阿姨温暖地说：怀揣地球，精打细算。记忆依然照耀着内心深处的静谧，关于自己，关于宝贝，关于岁月，内容也许一带而过，就是一场自导自演的电影，已经不再有悲痛与尖锐，记录它，如同阳光射进窗内，因为改变和付出自己，时光又让我获得了自己……

这十年，我是真实的。生儿育女，相夫教子，风轻云淡。

现在，我们都在心的路上，一起旅行。想象的未来，如此晴朗，没有忧伤。时间过滤之后，相信情感温暖的深厚，相信内心映照着阳光。

心被一刀一刀地割开，伤痕不会留在脸上，笑容和阳光是要照在大地和孩子身上的，因为心底的曼陀罗里储藏了过往一切的美好。我说这一年我把一辈子的泪水都哭出来了，以后的人生也许都是阳光和云朵。你说这是人生始料未及的一场透雨。我说湿透身心，你说下透了，净天空，化彩虹。

遇见，想念。那么多意外。疼，这一年，时间，你给我上药。珍惜的人，自然会用自己的方式来记取。

孩子是爱的见证，也是生命的起源。从此做了一只不倦的飞鸟。

相信一切都会更好。

不能倾诉的晨光里，我无法醒来。

人们都在说，走过那么多地方，却再也找不到原来的人，继续相爱。

回不去的时光机。记忆都在脑海里存放。明天，还可以醒来，还可以焚香、点烛。也许，每一次回忆都会痛，每一次下笔都会伤，愿时光都可以抚平这一切。

站在窗边凝望这深秋的窗外，世间此刻如此安宁，珍惜每一刻这样的感受，持重而且真实。

银杏树叶透黄，带着秋的芬芳。风吹过，孩子们的笑容灿烂若花，还有树上那个静静的鸟窝。回到一个人的空间，让自己在自己的世界里缤纷艳丽。

没有交集，不遮掩，不虚伪，与人世无关，让自己收留自己。携带着秋天的忧伤，在道路尽头眺望。我看到一个属于我的自己。

越意识清明，越具有抗衡的勇气。可以记得并怀念的人，寥寥无几。

丫丫在七个半月断奶了，以为自由了，斩断了夜不能寐的日子了。欢愉在这个家里继续。

睁开眼睛，看到的只是彼岸升起的一幕烟火。无法触摸的，亦不可永恒。

有时候，世界少了一个人，也许少了丰盈，少了盔甲，热泪盈眶，挣扎和担心，才懂得世界真有不告而别。

立冬了。好冷，好冷。

早早地吃完饭，早早地等待。因为世界终有值得等待的事。有时候是一首诗，有时候是一场电影，有时候是一树花开，有时候是一段旅程。等待我们的，有时候是刻骨铭心的相逢，有时候是心花碎裂的别离。

冬天,让人怅然若失。

去年,还没有入冬,我问你,一个人的夜晚睡不热,怎么办。你说带丫头睡。

岁月仿佛变得稀薄了,菩提的心,如此的软弱。我们柔软的心点燃的香会给我们以回报。安然。要见山,柔软心要伟岸如山。要看海,柔软的心要广大若海。人格,我们介入得如此完整。不论身处任何光景,都还有幸福的可能。能在绝壁之处,也见到裂缝中的阳光。

做好工作,照顾好孩子。偶尔应酬。孩子们轻松而自然地完成了目前的功课。希望他们通识历史,具有人文哲学思想,有基本的见识,充分地开发他们心灵的宝藏。在初冬的夜晚,听苏醒的大地,听流动的晚云,听满天晴朗的夜色,才发现自己的眼中饱盈将落未落的泪水,心底的美丽,在孩子们面前展现。或者说他们是我的呈现,心里也听见了心灵深处一种不能言说的慈悲。

三十六岁的生日总算过了。鲜艳是痛,芳香是悔。忘记,忘记也好,以此作为时间的纪念,有你的生日都是温存,纯净,呈现。

十朵红玫瑰,二十六朵白玫瑰。日子与温情。三十六年的生辰,终究你不在。

天空照样飘着四季,我的岁月放逐着四周的安静。

从昨天开始,没有出过门。上午慵懒地睡了个懒觉,一年多没有好好地睡过了。总是在惊觉中醒来,最坏的事情都已发生。亲爱的自己,放下吧。不该对世事伤心或绝望,我们都是彻知自由甘苦的人。与命运中无数的人擦肩而过。抬头欣赏落日飞云,可以落泪欢笑。

想念,是冬天里温暖的事。妈妈亲自烧的菜,好吃。和老爸喝了一杯,愿望释怀。这个世界总需要一个地方,有人陪伴,可以坚守,那就是家。从过去到生命的完结一直都是。

远方,一无所有,应有尽有。

愿所有历尽艰辛的姑娘，最终都能如愿以偿。

又到了一年的春天。太阳好像还不是很温暖，烦乱在这个风扬的季节里满天飞舞。从今天起，周末的角色只是妈妈。陪着，心有感念，更好地看清了自己。比如，可以看远方，鸟儿在枝头。春天的风信子茂盛自在，时间开始明亮。喜欢春天的蓬勃。记忆在生长，经常梦见童年，在半明半暗的日子。欢乐无疑，那样笃定。

看孩子爬到树上，打下松子，装在瓷瓶里，宛若把春天装进岁月里，不再想着占有。如此简单、幸福的一天。炊烟如梦，抵达遥远的日子。执着于生命的细节，执着于原味的生活。固守起点。

今日春分，早早地起床，打扫了房间卫生，点香，写字，孩子们还在酣睡。朋友托请的事办好，心情愉悦，又把家里盛开的春天拍照做了记录，又是一年美好的开始。

早晨看到阳台上盛开的郁金香，甚是感动。从泥土里长出来的芬芳是经过严冬的。开始已带有一份情谊。记忆在春天里翻开篇章。那些只有我刻骨铭心的事情，泛过鼻腔的酸涩，直达眼眶。在阳光下，我伤痕累累地走到了今天，道路曲折，记忆斑驳。中午时分，色泽明亮的光线照到房间和更远更远的地方，关联着喜悦，人不能接受的不是命运，而是意念中人生该有的完整。终将要接纳，就像漏出手指的花瓣等待流向河面。而在此之前，心灵像所有混沌开世之初的眼睛，还湿润不想睁开，所有记忆，还在房间。时日的光里，记载着温暖和永恒。花开了，也要及时抓拍，再回头，那已经能够生下一棵地平线上的桦树，让人骇然，很想做一个遥远的梦，满天的破碎滑落……

香熏、香烛，坐在书房的椅子上，依然觉得自己像阳光下的那朵郁金香，在感悟中积蓄力量，修辞的力量、生的力量。

告诉自己不要松手。

早晨，丫丫萌萌地睁开眼睛问："妈妈，今天上班吗？"我答："不上班，陪你。"她笑着又睡去。身体里有什么力量让我早早地起来，抹地，点香，让他们安然入睡,很少有这样的日子,我们仨在一起。延说:“和两个女人在一起,真幸福。”他慵懒地睡到十二点,吃了一大碗红烧肉。合适的是我们在一起,声音在菊次郎的夏天里回响,隔着一个遥远的笑容。我在,而且我与你在一起,那样遥远,但清晰可见。

使命召唤眼泪,问候了公公婆婆,心疼他们。在内心,维持一个家的圆满,坚持,守护,不管走多远,多需要那个爱的人的双手。

我在想,强大是温柔如水吧?指针指向自己。你在的地方,该是春花烂漫了吧。在别人看不到的地方晒伤痕,总有一天苍天会爱怜吧。从沼泽里爬上来吧,自己。在这里,我是自己弱小的见证者。支撑破碎的时光,依然可以笑。想念你的笑容,浅浅的。很多的世界,独立完好。我想是公主,永远活在童话里,他未必是王子,也未必是神灵,而我一直爱着,不在乎痛楚的心,愿声音传播给你,在春天里。在漫无目的中,找到残缺的厚度,说着艰涩的誓言,心里住着永远。静静的岁月,油菜花又开。

今天又感冒了,家里买了老式唱片机,期待老人和孩子可以欢愉一点。爸妈把所有的花都搬到了室外,春分过,阳光暖。

在平常的日子,和亲人们交流,可以大声地笑。俨然完美的家,被割据着,被均分着。自己和自己和平相处,彼此追逐,我想这个世界上有很多人和我一样,睡着醒着,都是为了这个世界更美好。一丝有光的地方,我们都要微笑,孤单,仍然满足。

张爱玲说:“我一直在寻找那种感觉,那种在寒冷的日子里牵一双手踏实向前走的感觉,一生一世地牵手,多么温暖,从青春到步履蹒跚,从红颜到白首,在彼此漠然注视中慢慢变老,还有什么比镌刻着岁月冷暖的这份情谊更珍贵呢?

如果你有,请好好珍惜。一直以为最好的爱情须与时日一起生长,且给你一生。流年烟火,岁月静好。年华向晚,不过岁月沉香,但愿天荒地老。又到周末，又恋袅袅炊烟。你在远方。

三月，万紫千红，五颜六色，万物生长。孩子在春天里奔跑，在春天里生长。自然的灵气还是要吸收和氧化的，孩子在广袤的天地间奔跑，在花丛中追逐着蝴蝶，红的、白的、紫的，自然之美，没有缺陷。阳光，普照大地，我在阳光里晒出忧伤。走在曲折的路上，春风拂面，在花丛中与花绽放，迟迟的感伤，伤口早点愈合吧。时刻提醒自己不要再去惋惜，端端正正地陪在爱的人身边，宝贝，春天、夏天、秋天、冬天我们在一起。

改变由内而外。因和果纠缠。

选择相信不幸的已发生。三月春光，花美，人美，流言，神伤。我做一梦，带来温暖的抚慰，瓦解酸的眼泪。有生之日还有多少，看见的海，看见的山，不论春夏秋冬，始终青春。像怀念春光一样，醒在忙碌的世界。树影叠加，沉着自由。寻找着风景，寻找着音乐，一缕缕的气息组成最美的十年。像几生几世，又须臾消失。我是自己深宫的女眷，虔诚地修行着，精神世界失落于迷宫，想着关于未来的事，尽是岁月无声的交替。一路走下去，被分解，被融化。而真正的自己，消失在平凡的痛苦中。

今天，春雨潇潇，用春天的这场雨建筑空间。阳光和雨水，亦在平淡中饱满，亦在深深浅浅中永恒。折叠着纯真的美好时光，温婉无语的眷念。远方，究竟有多远？在这样的年华中，修成最美的岁月，润泽枯竭的生命。你是一盏灯，是航向，是港湾，亦是我的归程。在一段孤独的旅程中，握着曾经给予的美好，心贴在过往。因为莫名的安静与柔软。纤尘不染。碎的欢喜、碎的忧伤，在想念的春天里，柔和。

喜欢和自然贴近，不要任何虚假的备注，我珍惜和爱慕每一个活着的当下，得到属于自己的真的归属。

红酒是岁月里现在唯一可以认同的相随。这一趟路程其实挺远。樱花又开，成人之后安静欢喜，不在此，就在彼岸。在点烛的房间，怀念陈年往事。无常生命与浮世里，明月清风。

施予和接受，这个世间所有的一切都在幻化，破译。不以真实的孤独交融，不以脆弱和天真彼此袒露，不以生命里深刻的喜悦和悲伤交付，我们将如何爱这个世界？

在微微的烛光中，一个人沉默。深夜的光，远方的花，高高的记忆里的山谷。皮肤在这样的夜里露出光芒，散出淡淡的玫瑰花。

我拧开台灯，静处在温暖的春天。想念远方的丘陵，还有那一抹油菜花。寻找和等待那个刻骨铭心的想念，期待解决所有的身心负担，在人间证明我爱过你。

三月的最后一天，家里的亲人逝世，陪着爸爸去祭奠，看到他眼角的泪水。空气中流动着想念，遇见叔叔们，看到他们在岁月中苍老。

世界一轮轮地损伤，生长，这就是所谓的生命吧。留下来的一定是最亲的人日日夜夜的想念。既然我们永远没有魔法去抵抗自然规律的侵袭，肩上的翅膀都会有不再飞翔的那一天，留存的岁月，是遇见过的日子。春天里，取消了会议，明天送亲人最后一程。看到家里的老人一个个逝去，小时候老人及家的温暖开始湿了记忆，凉了温度，疼了心灵。小小的岁月里留存的一段段温度在记忆里重逢。

在这个四月的清明又多了一轮缅怀。

清明小长假的第一天，与相约的人一起出去走走，带了个音箱。一路上，放着自己喜欢的歌曲，春色在音乐中更加妩媚。去的地方，是个农庄，有花，有鱼，是朋友的故土。当春回大地的时候，人是舒服的。中午，不知不觉喝多了红酒。突然记起那首诗："老是把自己当作珍珠，就有时时被埋的痛苦，把自己当泥土吧，让众人把你踩成一条道路。"这个春天，我是否可以破茧成蝶，飞舞在明媚的春天？

和自然相比，我们都是无法改变世界的弱者，尤其我小小作祟的心，无论我在内心如何努力，坚持，维护，睁开眼睛还是觉得世界不够完美。

我还在春天里呼吸，活着。

每年的清明，记忆里都是细雨纷飞。哀思从古至今，都未淡然过，有爱的春天，纵使伤感，也要忘记悲伤的情绪，期待可以早早地睡去。音箱里飘来 *The Rose*，轻轻的，让我们一起入梦。

次日清明，憨憨地睡到了 10 点。

起床，清扫房间，几天的雨终于停了，心想着今天可以去祭祖，早早地吃了午餐，和三个孩子分享着彼此的青春、记忆中的那些人。最后，我被留下来看管孩子。心底空空地失落。

故乡坟头的鸟窝应该还好吧？

清洗了午餐的餐具，好久没有洗过碗了。心疼妈妈。

午后的阳光暖暖的，打理着包包和衣物。发信给远方的人，说这是修行的方式。重读了《复活》，徜徉在故事里的时代。

丫头买的书都已收到。女儿欢喜。人群中，迎面的春风依然飘忽，新生万物染成了人间的桃红柳绿，而一种新的秩序就是要从头开始，想必那远方的风景蜿蜒延绵，组成万色的画卷。换一轮新的空旷，而这样的白天，依然短暂，不知留白，因为按捺不住大地生长的力量。一生二，二生三，三生万物。破土生长的力量。

突然记得那句："牵牛花，朵生万色。"想念那种幽蓝的美，想起黄龙的五色，也想起马尔代夫的海水，还有满眼绿色的夏威夷。我们共同的那么多鲜活的世界。我诚惶诚恐地接受这世界的万紫千红，天上人间。一桶蓝靛，漂流春川，翅膀在天空忧伤。

心还在蜿蜒曲折地生长，为每一种色彩找到了归属，就像蓝色的海洋总让童话里的主人找到救赎。想起安徒生童话里的《海的女儿》，更想起盛开的矢车菊。天使，也许就是蓝色的。丝丝点点，真善美，过眼前，留心间。期待这里有色,有音,有感,有情。

每个人都是爬山的旅人,走过的路程,陡峭无比,鲜血、生命、眼泪铺就的登山之路,异常艰辛,回望的画面触目惊心。

爱不再开始,却只能停止开始。

拥有一颗丰富的心,已经足够的安宁。

爱着,创造着,这就够了。坚守着自己的世界,以一支笔,开始记录活过的人生。

现在的世界,是安静的。

清明的雨,还继续下着,甚至倾盆大雨,昨夜,无眠。过去常常做梦,最近天天失眠,眼睁睁地看着时光滑落,想念生命曾经的丰盛,女友昨天下午约聊,说从二十岁到三十五岁,我的人生都是幸福的,而以后,我们相视而笑。

花应该是朵的延深。

喜欢花,傍晚插花,向往自然。在冰冷的空间里,期待加入鲜活的生命力,它入住夜晚,那是有质感的生活。喜欢纯粹,喜欢原始,不需要过多修饰的世界自然存在,这是一种美。

众生皆苦,没有人会被命运额外地眷顾,再次与生命的全部善意完全相融。原来的我,如此爱这个世界,想了很久很久,久得你不可思议。你不在人群中,你在我的心里。

依然感谢。依然相信。

爱情靠例外、特殊和超脱而生存。它活在语言里,却死在行动中,而我在行动中爱着。眼泪割碎了岁月,通过模糊的联想,自己对自己总结。

夜晚,太长,梦太少。我润湿的双眼,静寂、漠然。

今天在去芜湖的路中,又见某人,又念某人。在江边,看到远远的船只、粉红的气球和大大小小泥泞的脚印。风开始变暖,耸立的云上跌落了日光的辉,远处的记忆染上霞光。想起青春的那个你,又心怀戚戚。想起来,你的笑容,上

学的那条路，走出那个曾经瞬间的挣扎。飞快璀璨的岁月，烟火纷乱。心里记着那个坟头、开满油菜花的坟头，给你买了鲜花，上了香。如果确实埋葬了什么东西，一定是某种青春的想念。

听了陌生人的故事，憨笑。原来，这个世界上受伤的人不只是我一个。绿绿的初春，鹅黄般的岁月，在天空袅袅地飞起。

如果，有多少可以如果，也许……

我没有保留，也许可能的岁月，一丝一毫也没有。想和过去一样，还可以偶尔收到你的明信片，那该是多么甜蜜。我可以不再眺望江水。

曾经，都在。

春雨停，春花落，沧桑之后春意浓。日暖，天蓝，花满枝头，空气中是最令人舒服的气息。无论你在意或不在意，她触动人心的盎然和美丽芬芳就那样在我们身边悄然流动着，涌动着生命的气息，带给我们充满希望的远方。

一定会越来越好。

早早地起床，早早地去听课。

灵魂陪伴自己。追逐，依然孤独。

一个人也好。

柔和的岁月，静静地享受生命给予的孤独。能让深藏的心灵复苏的，无非是春天的一米阳光，而让春天苏醒过来的，则是心上的那一段缱绻静默。

一生的路，铺满荆棘。相信一切早已注定。春天，年年都来。灿烂终归于平淡，兰花纷纷地飘落，轻轻地收起，看到了她的繁华，恰是人间四月芳菲尽，长恨春归无觅处。

纷乱人世间，除了你，一切繁华都是背景。晚安。晚安，我的四月。感恩。

今天，匆匆地参加了三个活动，单位、组织、家。日子，重复着，单纯的灵魂被每一个特定的日子雕刻着。生命真是一场虚妄，一曳烟雨，半年幽梦。于无声处倾听凡尘落去。经年流转，岁月静好。云帆尽头，轻徜徉，处处是别有洞天，云淡风轻。

晚上，春天的凉意渐起，烛香，乐起。这是属于自己的日子。愿孩子们可以好梦，我可以好睡。

累了，岁月你慢点。我不想老去。

趁着五一的假期，人们匆匆地赶着，怕错过这一季的春天。从前和你在一起，我们都在路上，现在可以静静地落下，回看风景。人生中，一见钟情和两情相悦只是情谊的开始，情感的延续始终伴随着彼此的经历和共同的成长。情义本身就是两个人之间的互动，依存，相互愉悦，相得益彰，一根绳上的蚂蚱总比两只蝴蝶更能体会到风雨同舟、相濡以沫的真谛。

昨夜，陪四个老人和两个孩子一起看电影。丫头长得和奶奶差不多高了，像春天的竹笋。但愿消耗和供给在我们的一生中平衡，选择就是注定。

每个人的人生中都有很多很多的转弯，但总有那么几个人让你转弯时不心惊，不胆颤，告诉你朝哪个方向就对了，并给予强大的力量。

我愿意去原谅，去承担，去观察，去相信。岁月，你好。

永远有和煦的灯火照亮这个小小的世界。我们一起走。从平凡开始，亦平凡结束。

午夜的城市，灯光暗淡。回想这两周的生活，际遇，友谊，爱，烛光，自然，质朴。早早地去了花市，买筐，回来制作我的多肉。愿与植物一起重获生的勇气。一路走下去，被溶解，被分化。你说我无尘无伤，就是清莲。我说再伤也是生命的给予，我深情地接纳，犹如这盛开的莲花，疗愈生命的内伤。

与花在一起的第三个周末。周六，与好友相约去故乡的边缘。那一路水杉宛如在夏威夷。看满地的马鞭草和薰衣草，还有满崖的葡萄庄园，辛勤的人总有回报。

一路风景如画，只是心从未活着。只愿一切风景不变，为你，千千万万遍。从窒息的水中抬起头，深深地呼吸着寂寥的空气，还好活着。你的笑浅浅地泛在嘴角，在心中永恒。

初夏的第一个周日，写字，读书。老爸给亭子换了三百瓦的灯泡。这段时间，在书和梦之间循环。做一个梦，梦醒满身是汗。读一本书，酣畅淋漓。更多的时候作为空间的一部分，完成自己的工作，这也是自己的使命。

和所有停留过的空间在一起。一部分身体和灵魂流入生命里，与花，与人同修，接送生命的悲喜。于是，这个初夏的夜有特别的意义。

坐北朝南。天圆地方。

每一时，每一刻，都想做一场自己的梦。特别认同最好的童年可以在乡村度过，植物、动物归根到底都是生于土地，归于土地。想象春天水洼地里的蝌蚪、夏天的蚂蚱，还有远远的稻香。

布施在人间，善待孩子也是修行的一种方式。我人生的三十六年，获得了生活的充实和心底的宁静。

幸福油然而生。

日常的、普通的，也是珍贵的。没有任何身外物可以接纳或提携我们达到所谓的美好境地。孩子如同远行，都是生命的经历。投入、付出和爱同在。

端午，艾香，早起，看到朋友圈发了一张十年的时间闹钟。心中感慨顿起，母性的爱拥有的韧性让人惊诧。想想自己当妈的十年的点点滴滴，我想母亲角色不仅仅是爱这回事，还有指引着母亲自己不断完善和强大的力量。在养育生命的过程中重现，明白给予和奉献，也使得我们真正懂得我们父母给予我们的过程。

因为澄静，我们似乎可以更加富有、充盈，才更加明白。桑德伯格说，当我们的生命沉入水底无法呼吸，请记着一定要用力把头伸出水面，呼吸一下，至少让我们可以活着。

有一种活着，如同死去。因为没有力气，收紧的心，抽离的痛，丝丝如针，栖息的巢，是保护和训导，更是归宿。

一个男人把一个女人叫作妻子，一个女人把一个男人叫作丈夫，这不仅仅是法律行为，还是神圣行为，是在上帝面前相互确认，而这样的家自有永恒，历尽沧桑而不渝的爱情，才富有生机，真正值得自豪。周伯平说，好的婚姻是人间，坏的婚姻是地狱，别想在婚姻中找到天堂。人终究是活在人间的，而人间的乐趣也是不为天堂所有的。电影《魔兽》里有一句话，光明源自黑暗，黑暗涌现光明。

人生任何美好，都依赖一颗澄明的心。唯有内心富有充盈，方能从容抵抗世间所有的不安与躁动。

最近下了好久的雨，处处是雨汛。假期已到，每天依然坚持上班，下班。陪伴孩子。

爱我生命里的人。

尽心，尽性，尽力。做好孩子的榜样，与你们分享真理。

热辣的天终于在今天凉快下来，终于可以期待在夏天的荷塘里游泳了。晚上带着家人一起看了陆川的电影《我们诞生在中国》，这是一部纪录片，关于藏羚羊、大熊猫、金丝猴、雪豹四种动物。成人不断老去，老者轮流往生，死亡不是终点。它仅仅是生命循环往复中的一个路标，自然界的每一个生物、每一个生灵都有自己的音符和乐章，在这荡气回肠的旋律里。

自然界，生物界，一样充满惊喜。

爱、生命、轮回、往返。自由、欢乐、生存，愿与记忆安然相拥，看透彼此，靠的是时间。在自然界，人和动物一样渺小。大地，在春夏秋冬色彩分明。在眼睛里露出弧形的边线，尽头于海面上消失。

伸出一支仙人掌的鲜花，我惊诧于它的艳丽。

交替出现的美好，自以为是的伤感与自然一样，和我们告别。

永恒的并不是我们，永恒的是所有须臾的瞬间。

一个女人，如果想为一个男人生个孩子，那么请相信足够爱了。在爱里，把生命延续。心，在沉淀。人生，有些旧的清理、新的开始，很是清净。

百合花，香飘夜里。停止，停止一切想念。无数次的重生，重生。

十年，完整了一生。同悲，同喜，荣辱与共。这不是围城式堡垒的坚守，只是心的方向，只要手里攥着钥匙，总会走向家的门。

远远地遇见，汗流浃背，心在微笑。

今天，终于了结。争取了最好的结果。感恩在路上给予自己温暖的人。

这一路颠簸，也可以自成千古。

人生只为你，生出的温暖，都是因为生命里你对我的好。

情感的生涯是一生最好的修行，安放好在一起的十年。

生命里永远属于我们俩的已成永远。

突然想起胡兰成的《今生今世》，“此事古难全”成了十年之后唯一的遗憾。

还好，从无语的那一刻，懂得我们伤到不知从哪开始倾诉。

关于未来，关于过去，关于心。

我们还有岁月。

轻轻地搂着你的后背，依然那样温暖。十年，仿佛一瞬间。

无　题

有一扇门
被打开了
有一种平静的感情
在慢慢流泻
把心放宽了
爱就能更多更大

一直期待心的封闭能有人来开启
但原来心的门根本没有上锁
只要我们愿意伸出手
就能轻轻推开
但要伸出双手去碰触封闭的心门
依然需要勇气

不再执着的并不是因为无法获得
而是因为
心知道
执着的不是想法本身而是我们对想法的执着

所以放下执着

才可以往更宽的地方望去

打开心门

才可以真正活在爱里

有一扇门被打开了

只要自己不再执着愿意鼓起勇气伸出手

轻轻推开一直以来的封闭的心门

静在其中

2011年悄悄地从指尖滑过，搁置的行程，上海的阳光、公园、黄酒，还有暖暖的家。坐在10月的办公室里，米兰花发出淡淡的香味，风儿吹过我的窗帘……看见自己心中的那份孤单，开始忽然间想去读读《圣经》，回首三十多年的激情生活，好像来到了又一个生命的路口，美好依然在微笑，我却无限淡

然……

出现了属于自己下一个梦的追逐,只不过,这次我静静地出发,十年改变了吗?

你的心是无所不在的,所以你能到任何地方。

该怎样把过去搁下?该怎样不再会被伤害?该怎样迎接梦想?

确定有些无法改变。

走在上班的路上,丫头的小手牵着我,好似儿时,我牵着妈妈的手,温暖有力。

一路风景很美。

我的温暖在自己的心里加热,鼓励这个勇敢的我变得依旧善良、感性、豁达,充满爱的能量!

心头的浮尘落在季节的忧伤里,淡淡地画出女人的脆弱,画出别人都不懂的我,相信静在其中……

10岁、20岁、30岁的静都在其中,那个永远属于我的静……在其中……

于是不再有……

安静的心

这些天,我安安静静地生活,努力地工作,闲暇之余,看看书,上上网,陪在孩子的身边。

“在我的脑海中出现这样的画面:我百口难辩,无法表白心境,于是伸手到自己胸中,挖出那颗血淋淋跳动的心脏,没有任何遮拦,没有任何防备,我战战兢兢颤抖着双手捧着那颗红彤彤的心送到大家的面前,却被人随手接过,两手一松,轻而易举地让它掉在地上摔得粉碎。我的心受到的伤害是无法用文字表达的。我是内伤,这种重创很难平复。陡然间,我仿佛长大了十岁。藏起真挚与纯洁,用谎言和虚伪做先导。我再也不瞻前顾后,唯唯诺诺了。”

安静的心仿佛产生了共鸣。

那个受伤的岁月请你远走吧,我会把它变成生命中的财富。

静观天下

从台湾回来好几天了，分享和回顾的愿望一直在心底萦绕。

第二次去台湾，却有意外的收获。

4号，我们去了慈济的医院，看到了医院里的星巴克，听到了古筝，游览了空中花园，收到了画家的现场作品。

我在想，一个女人的力量怎么会如此强大?

中午在慈济环保中心就餐，了解环保志愿者，惊叹于秩序、爱和存在。

慈济，是慈善机构在过去的生命中没有接触过。

动中修静，乱中修定。

震撼，无法表达的震撼。将大爱的种子种下，净化人心，温暖社会，回到心灵的故乡!

天下没有我不爱的人，天下没有我不信任的人，天下没有我不能原谅的人。

所有的人都要关怀天下，博爱众生。

心灵在吸收属于我自己的营养时，天下都在眼前，从自己做起，从身边做起。

静爱观天下，得与心中。

静静的海洋

匆匆地回来，匆匆地出发，从这里到那里，为了所有我爱的一切！

窗外阳光明媚，2011 年，在层层迷雾中迎接新生。

穿越本就是一个梦，可以荒诞，可以唯美，若造梦者怀揣悲悯之心，还可以凄美深沉，痛彻心扉。

欲念将人裹得很重，岁月只是替人承载一些重量而已。

而我，还是那个纯净的我。

善良，勇敢，自信，爱世界。

静静地，在一场岁月中旅行。陪着这个浮躁的社会慢慢地长大。

时间永远要和空间置换，才可以完满。

海在静的怀里，记忆、温暖、徜徉、留恋……

等待春天

大地的细雨温润春天，春的气息散发在遥远的空气中，经久不散。

在屋前的枝头上，鸟儿安了新家，早晨的窗前越发充满生机，他们说春天就在冬天的旁边。于是我渴望在破土的嫩芽中等待希望，翘首那早春的欢愉，扫清窗台上冬天的积蓄，悄悄地等待春天。

原来以为自己喜欢夏天的蓬勃、秋天的温暖、冬天的寒冷，却不知道我如此地期待那个心目中的春天。岁月载着我们去梦想的地方，耳朵里空空的，我忘掉了，你曾经来过，以及你清清楚楚的下落。

有人说清醒不是人生唯一的正途，而我却越来越清醒。

这是一个最迷茫，也最让我期待的春天，仿佛在那儿有个全新的自己一直等待在这个人间已满目疮痍的自己，在这儿觉醒与回归，与万物合一。

告诉自己，情人节快乐，为那个内心强大的女人。

爱却坚强。

春天就在身边，春天就在眼泪里，春天在单薄的期待里，那样清晰却无法忘记！

我在深思：阳光、花朵、青草、海洋，也许是春天所有的记忆。

等待在春天……

最好的未来

还在春天里，记录了点滴的岁月。好久了，没有在这里留下脚印了。

看来这段岁月我还是很努力的。

用自己热爱的心，渐渐地仿佛明白了很多。

沉静也是人生的一种美好。

走了好久，回家的感觉好好。丫丫说，妈妈，你洗澡我给你放音乐。好幸福。看着生命中这些真实的爱的结晶，满心的欣喜。

这是最好的未来，生命的延续，亲爱的宝贝，爱你是生命的欣喜与幸福，爱你是生命的责任与快乐，因为，你们是最好的未来。

春天等你

这段时间在工作中沉迷太多，应酬、照顾孩子、晚上看书、听音乐，越来越清晰，这是我爱的生活……

早早地休息，早早地工作，忽而忘记了春天，当然，我也错过了很多的季节，也忽然明白接纳才是最好的温柔。

其实，我觉得自己一直很爱这种孤单，或叫孤独。

无论前面的恋情，还是现在的婚姻，对我来说，都是善的缘，我可以肯定我们都会成为彼此生命中存在的礼物，绝无仅有，也许我们并不能在其中得到我们想要的圆满。今天，你坐在我面前，心中有种疼惜的感受，我能懂你，在岁月中我比你敢爱敢恨。

在给你写信，在听杨宗纬《什么都没有》，觉得有点泪湿的感觉，想到生命中所有温暖的瞬间，哪些来来往往的岁月，和有的、没有的告别。

七年之痒，你感受到了。

或者，我能接纳我和你以这样的方式相处，也许我们都没有走到对方的生命的角落里，我们已约定在彼此的灵魂里，静静地接受生命里的一切，不纠缠，或者，在认识的九年里没有纠缠过，在彼此孤独的生命中选择彼此的归属，但没有约束，没有诺言，走到哪，我没有想过……

我在享受着生命中属于我的阳光、喜欢和爱，我一直幸运地认为我比别人更早地看到了自己。亲爱的，一直以来，我没有变过，我爱自己的情感，我和自己的心一直在链接，真实，没有一点点的功利，因为今天其实幸运的是我可以真实……人生是否所有的结局都一样？最终超越与情无关，就像我们与一个人相遇，初见也曾山水迢迢，眉目相映，却最终擦身而过，一错手，就慢慢地、渐渐地，不记得了……

觉得女人可以爱，可以有孩子好幸福，还可以五彩缤纷。

那天我在聚会中说："每个优秀的男人一定有红颜知己，每个优秀的女人一定有蓝颜知己，这是生命彼此的滋养。"我一定感恩在生命中遇到的一切与感情有关或无关小小的里程，那会与生命同在。

亲爱的，人生好美，因为接纳，因为错过，因为爱，因为春天，有一千个理由，最重要的是爱自己，我们还有太多的理由好好地活着……

选择，留着，都是生命的诺言，照亮自己的灵魂，照亮这个无悔的青春，不完美也是完美。

亲爱的，蜕变成如水的女人，感恩一切的遇见，珍爱，给自己美好的记忆，我们都是善良的使者。

人初静，心未眠。

生日快乐

这是个朝雾蒙蒙的清晨，和所有冬天的日子一样，平凡，略带伤感。在今天，在这个世界，我走过了三十五个年头，青春已逝，情怀依旧。和所有的女人一样，在这样的日子，最渴望得到心爱的人祝福和惦记，带着酸酸的期待。恰逢政协开会，手机一直拿在手上，看到了一个个岁月中的温暖，感受生命如此美好。

一个朋友这样说：在人生旅途中，大家都在忙着认识各种人，以为这是在丰富生命。可最有价值的遇见，是在某一瞬间，重遇了自己，那一刻你才会懂：走遍世界，也不过是为了找到一条走回内心的路。

是的，安静地找回自己，童年的快乐、青春的爱恋、奋斗的艰辛，一一在今天重温。年轮里曾经说：过去、现在、未来每个都是生命的部分，每个遇见都让我们更前进，生长、完善、纯净。我说过，生命在，记忆就会永远在……忘记是我们不愿意，不想再记起……

很想在今天拍一套照片纪念已逝的青春，很想在今天微微地小醉一场，很想在今天和最亲爱的人面对面庆祝生日快乐，可是这些都难以实现。

感恩在我身边的每个人，兄弟姐妹、父母、孩子、爱人、朋友，一并在此浓浓地感恩。

曾经，现在；物是人非，言犹在耳，期君心未变。后来，告诉自己要做好好的自己，后来，告诉自己还有好多人需要好好地爱。就怕生命来不及……后来，我们不再期许"幸福就好"，我们很坦然很淡然地说"幸福过，就好"。如果有来生，愿鲁且愚，可以遇见。

真爱的必备条件：懂得和心疼。

那些温暖

每个人的人生中都有很多很多的转弯，但总有那么几个人让你转弯时，不用心惊胆战，告诉你朝哪个方向就对了，并给你强大的力量。五月的第一天，行人匆匆，也许都在害怕错过这一季春天。我愿意去原谅，去承担，去观察、去相信。我在清净中陪伴自己。五月，你好。

很多人的生活都是一望无际、广袤无垠，感觉朋友如星星点点般布满生命的天幕，其实每颗星与星的距离却那么遥远。有的人，却在你生命中每一个仰头的日子，远远地散发着光和热，让你心生暖意，于是，成为永恒。

走在北京的街头，阳光刺眼，也不寒冷，只是空荡，再来这个城市物是人非。一杯桑葚酒抚平创伤？时光在这里是慢的，为记忆和曾经的光彩四溢，和这个城市里记忆的拐角。没有留念，只有感伤。亲爱的，我们失去的，如何数算。满目虚假繁荣，到处欢歌急锣。可惜没有你，世界永远都变成残缺的。这个城市有你才有回忆。

真实的感情是浑然天成的，单纯的，自然并且简单。它会永远。

在街头的餐厅里，一个人慵懒随意，你在，也许也会这样。梅酒浅酌，花好月圆。爱着一个人，并且为之所爱。长路且行且远，心里有着单纯而有力的意愿。

这所有的一切都要担当，并且感恩和宽悯。

这是曾经属于你的城市。我来收拾最后的一切。

每个生命都有故事。我们把生长当成最美的过程。走过、路过,都是生命的感悟。把长大、美好,与世界分享。证明每个热爱生活的人都来过。张爱玲说,人生有三大遗憾:鲫鱼多刺,海棠无香,高鹗续《红楼》。其实这三大遗憾都是幡动心动,阳春白雪之憾。待我们经历过伪生离死别,得来凡夫俗子最大憾:无非是意外早于未来,而你仍有牵挂之爱。向死而生,我们殊途同归走向公平的宿命。可我们总能够把这份偶然变得更厚润更绵长更无憾。

这里,也许有你,有我,也许有那个须臾的片刻。带着我们的温暖,似乎在诉说,在等待,在依赖,在希望中期待。

在这个世界上,过去的都成了寻常事。况且,时光又能允许什么事过不去呢?

在最好的时光里,把记忆留下,那是生命里的永远,带着敬意、遗憾,期待可以忘却。

我的、你的，都是我们自己的唯一，那个打动自己的、伤害自己的、温暖自己的生命里的唯一。我们一起纪念。有爱，有地方，有美好。

为了那个最美爱情条件的轮流缺失，无论哪一天，你的双手都是柔软的；无论哪一天，你都是被我最想念的；无论哪一天，都会记得在最美的年华遇见你。那是唯一的、完美的。我们彼此的。

岁月里有成长，有见识，有爱情。在雪舞风扬的边缘，刻进记忆里。愿你可以共鸣，哪怕就一瞬间。

我们愿以此可以温暖所有的光荣与梦想。像一片黄叶，像一剑秋风，像一片白雪，在记忆里飞扬。

谨以此书纪念我们的生命里，出现的一切美好。它们带来的种种均是帮助我们行进、生长、完善。见过、感受过的我们彼此的世界。这是美好的使命。愿你看到那束光，照耀这个荒诞的存在的世界。

我只是为了纪念我看到的世界。

每一个生命都在自己的轨道上，感受到内心的温柔怜悯，彼此曾善良地相待，这样就可以了。哪怕时间不长，这也会成为一个善良的缘分。我们不可能面面俱到，把任何事情都做到完美，也不可能帮助每一个对象。至于能在一起多久更是不可估量。顺其自然地行善，已是很好的态度。

世界上大部分的有远大梦想的人，整天把理想抱负及对社会贡献挂在嘴边，而真正支撑他们的，只是藏在内心深处那份曾经的屈辱与不甘。

我自律，努力，善待生活，我没有居高，也没有临下，我更愿意善待自己，把爱给值得的人。

寒风中的伦敦

第一天

现在是伦敦时间 11 月 25 号,早晨 5 点 30 分,也是我来到英国的第二个清晨,回想来时的情景历历在目。这是我今年第三次出国,在飞机上浑浑噩噩地看了将近十部电影,终于在经历将近十二小时的飞行到达英国机场。一到这个所谓的大英帝国,立即领教到所谓的速度,整个按键、拿行李、过关花了好几个小时,与北京时差八小时,到达时已经是下午五点了。导游恰巧是安徽人,一下飞机,立即感到了和澳洲一样的味道,机场古老、陈旧,门外透出一丝丝冬天的凉意。一路上导游和我介绍着这个有一千年历史的国家,我的身体微微地有些不适,到达宾馆已有二十个小时没有休息了,迷糊了一会,和同行的美女聊了很久,开始了第一天的行程。

到每个城市,我一定会去城市标志性建筑或城市名片。第一个到了塔桥,眼前出现了很像悉尼湾的情景,我看到了英国的大本钟、魂断蓝桥的拍摄基地、国会大厦及政治一条街,观摩了皇家仪仗队的换岗仪式。在街上,我看到了形形色色的欧洲建筑,也惊讶于欧洲的雕刻,导游步行带我们从政治街一路步行穿过海德公园。景色真美,秋天的海德宛如画中的天堂,黄叶、红叶、松鼠、格子、行人……我尽情地摆着姿势拍照,留恋这人间美景。再穿回去,来到

让每一颗狂热的心都可以找到内心皈依的地方。

了英国的White House(白宫)，恰逢皇家卫队换岗仪式，人潮拥挤，最让我难忘的他们头上那顶大帽子像一只黑豹蹲在头上，威严庄重。我在门口捡了几片梧桐叶，以作纪念！

中午我们来到了一家餐厅，参加了皇家礼仪培训，学到以下内容：

1. 英国人饮茶，不仅重视茶的味道和品质，也很讲究饮茶的形式。正统的英国茶杯为上宽下窄型，摆放时将杯耳朝右，并附上茶匙。先倒茶再倒牛奶，然后搅拌牛奶的时候是要从十二点到六点钟的方向，茶匙不用时，必须放在杯耳下方与茶杯成45度角的位置，茶匙把手朝向身体。喝茶的时候只可以用食指和拇指捏住杯耳，用中指托住茶杯底部。如果是喝下午茶，桌子过低的时候，就要将茶碟和杯子一起端起来，端到腰中间的位置。

2. 下午六点之前女士应该戴着帽子和手套进餐厅，这是古老的贵族皇室才会遵守的礼仪。用餐时手套可以放在腿上，然后用餐巾盖住。永远不要在餐桌上谈论金钱、工作、健康、政治和宗教。在这方面，年长贵妇通常会维持秩序。对于加餐性质的下午茶来说，交谈话题应轻松愉快。

3.座次安排以女士为主，但在传统意义上，主人会以男女相间的原则安排宾客入座。已婚夫妇会被分开，因为通常认为夫妇两人在一起的时间已经够多了。而已订婚的夫妇会被安排坐在一起，这样他们就可以在此交谈了。为了不冷落任何一位客人，女士应当和身旁其中的一位男士交谈。之后，女主人轻咳一声，这时就要转向身侧另一位男士。这就是所谓的“轮换原则”。要学会把时间均匀地分配给所有的客人。

4.坐着时背部永远不要接触椅背。身体应坐直并将食物送至嘴边。即便吃容易掉渣儿的点心，也不要俯身去够。喝汤是唯一的例外——可以稍微颔首。

5. 面包在左边，晚餐在中间，水在碟子的右边。刀和叉的头朝着四五点钟的方向摆放，这样表示你就餐完毕了。

6. 就餐期间一般不设去卫生间的间歇。通常用餐会持续两小时左右，因此，应该注意适量饮用酒水，避免去卫生间。

7. 圣诞节送给对方礼物，为了避免对方回礼，一般要选择不太贵重又比较小巧的礼物，这样也不会给收礼人造成负担。而且英国人送礼物也很讲究礼物的包装和外观。例如送花的话，也一定要把花瓶一起送给对方。类似服饰、香皂之类的物品会涉及个人的私生活，一般不用来送人。

8.点完菜后，在前菜送来前的这段时间把餐巾打开，往内折三分之一，让

其实人们不太愿意相信真相，人们只相信愿意相信的部分。

三分之二平铺在腿上，盖住膝盖以上的双腿部分。最好不要把餐巾塞入领口，餐巾只能接触嘴唇，没有例外。

9. 叉在左，刀在右。在用餐完毕后，将刀叉的柄向右放置于餐盘上，叉子要放在刀的左边，保持叉子齿朝上。这么做的原因是要尽可能保护别人的餐具，如果有甜点，甜点专用刀叉要摆在盘子上端。面包不可以切，要掰成小块送入口中，不要拿着整块面包去咬。

10.英国人在交际应酬中非常重视绅士淑女之风。在正式的宴会中，男士忌打带条纹式的领带；不应系长衬衫袖口的扣子；正式场合不可穿凉鞋，也不可浅色皮鞋配深色西服。而女士则应该穿深色套裙或是素雅的连衣裙，庄重、肃穆的黑色服装是首选。

用餐服饰礼仪。英国人在用餐服饰上是非常有讲究的，某些很正式的西餐厅甚至禁止穿着不正式的客人入内用餐的，男士需着西装，女士要穿优雅的礼服。

英国人在普通生活中穿衣是非常时尚和多样化的。

人生没有什么道理可言，还好爱的故事长满海角天涯。

第二天

今天阳光灿烂。我们去温莎城堡，她位于英格兰东南部区域，是英国皇室家族的城堡，也是世界上如今还有人居住的城堡中最大的一个，也是英国君主主要的行政官邸，坐落在泰晤士河边的一个山头上。一路感受英国乡村的美丽，绿色、红色，层层叠叠，好美，好美，好爱，好爱。我们到城堡看到了，表示女王在家的旗帜。我深深地思索，我是谁？该怎么爱我的孩子……更惊诧于贵族的精神，传承是多么伟大的事……

法国之行

第一天

迎着晨曦，我们出发了，乘欧洲之星到了巴黎。欧洲之星确实与想象中的还是有差异的。火车是倒座，有些不习惯，接团的导游应该是法国的留学生。到达时，已是中午，我们来到了一家中餐馆，团餐确实很难吃。巴黎看上去脏脏的，和想象中存在差异。街头脏脏的、乱乱的，我们也很害怕街头的小偷。

吃完饭，我们去了凡尔赛宫。

1682年5月6日，路易十四宣布将法兰西宫廷从巴黎迁往凡尔赛。1688年，凡尔赛宫主体部分建筑工程完工。1710年，整个凡尔赛宫殿和花园的建设全部完成并旋即成为欧洲最大、最雄伟、最豪华的宫殿建筑和法国乃至欧洲的贵族活动中心、艺术中心和文化时尚的发源地。在其全盛时期，宫中居住的王子王孙、亲王贵族、主教及其侍从仆人竟达36000名之多。在凡尔赛还驻扎有瑞士百人卫队、苏格兰卫队、宫廷警察、6000名皇家卫队、4000名步兵和4000名骑兵。所以当修建完成后，总共有1300多间房，整个宫殿显得巨大无比。为了安置其众多的“正式情妇”，路易十四还修建了大特里亚农宫和马尔利宫。法王路易十五和路易十六时期又修建了小特里亚农宫和瑞士农庄等建筑。1762年，法国皇室由巴黎罗浮宫迁来此处定居。

没有不可治愈的伤痛，没有不能结束的沉沦，所
有失去的会以另一种方式归来。
——约翰·肖尔

凡尔赛宫所在地区原来是一片森林和沼泽荒地。1624年，法国国王路易十三以1万里弗尔的价格买下了117法亩荒地，在这里修建了一座二层的红砖楼房，用作狩猎行宫。二楼有国王办公室、寝室、接见室、藏衣室、随从人员卧室等房间，一层为家具储藏室和兵器库。当时的行宫拥有26个房间，如今拥有2300个房间，67座楼梯和5210件家具，作为法兰西宫廷长达107年(1682—1789)。

1789年10月6日，路易十六被民众挟至巴黎城内，凡尔赛宫作为王宫的历史至此终结。在随后到来的法国大革命的恐怖时期中，凡尔赛宫被民众多次洗掠，宫中陈设的家具、壁画、挂毯、吊灯和陈设物品被洗劫一空，宫殿门窗也被砸毁拆除。1793年，宫内残余的艺术品和家具被全部运往罗浮宫。此后凡尔赛宫沦为废墟达40年之久，直至1833年，奥尔良王朝的路易·菲利普国王才下令修复凡尔赛宫，将其改为历史博物馆。

凡尔赛宫宫殿为古典主义风格建筑，立面进行了标准的古典主义三段式处理，即将立面划分为纵横三段，建筑左右对称，造型轮廓整齐、庄重雄伟，被称为是理性美的代表。其内部装潢则以巴洛克风格为主，少数厅堂为洛可可风格。

正宫前面是一座风格独特的"法兰西式"的大花园，园内树木花草别具匠心，使人看后顿觉美不胜收，而建筑群周边园林亦是世界著名。它与中国古典的皇家园林有着截然不同的风格。它完全是人工雕琢的，极其讲究对称和几何图形化。

景区的大门高高的，应当用镀金的，广场很大，也没有树木。走进宫廷，建筑之美、西洋文化之美、古典之美、贵族之美让人肃然起敬。听着讲解仿佛回到了那个时代，与历史人物遇见。那里后花园中的花坛、树篱与绿色地毯设计，确实美得惊人。体现了法式文化中对形式主义浪漫法则至死不休的追求精神，令人过目难忘。至今想起，也依然能感受到那种震撼。

不论是哥特式建筑也好，巴洛克式建筑也好，不论是宏伟壮观的教堂也好，气派的宫殿也好，总之，看得多了，会让人有一种消化不良的感觉。其实很多东西都是要靠慢慢地发现，细细地琢磨，渐渐地感受才会真正理解它的内涵，才会明白它的底蕴魅力。

回到市区的路上，经过了莱茵河，两旁的建筑在夜色中彰显出巴黎的立体、丰满及闪亮。我想起了雨果的文集《莱茵河》："莱茵河集中河流的万般面貌于一身。它像罗纳河一样迅速敏捷，像卢瓦尔河一样雄浑宽阔，像缪斯河一样峭壁夹岸，像塞纳河一样迂回曲折，像台伯河一样历史悠久，像多瑙河一样庄严高贵，像尼罗河一样神秘莫测，像美洲的河流一样金光闪闪，像亚洲的河流一样蕴涵着寓言与幽灵……"

从伦敦到巴黎，从温莎到凡尔赛宫，深深地看到了新贵族精神及老贵族的灿烂。欧洲文化之旅，给我留下了难忘的印象。

第二天

今天一早我们去了罗浮宫。它位于巴黎市中心塞纳河北岸，既是一座具有文艺复兴时期风格的金碧辉煌的王宫，又是一座因藏有大量法国和世界各地艺术珍品而闻名遐迩的博物馆。西人常云："罗马不是一天建成的。"罗浮宫也是如此，它在历史长河的变迁中，始终和巴黎乃至法国的历史错综地交织在一起。罗浮宫有镇馆三宝：爱神维纳斯雕像、达·芬奇的《蒙娜丽莎》和胜利女神像。

第三天

今天我们第一站参观了凯旋门，这几天在凯旋门兜了好多圈。清晨的凯旋门高耸威武，这座象征着法国历史的建筑耸立高空，大家集体在这照相留影。本以为香榭丽舍大街很繁华，想逛街却没有店铺开门。我们坐在咖啡馆里喝咖啡，这个赫本都来过的咖啡馆，很美好！再后来我们去了梦帕纳斯，看了巴黎全景，最后去了巴黎圣母院，观感很令人震撼，这可是一次不可错过的艺术冲击。当我在参观的同时，就明白了为什么巴黎被认为是世界上美丽的城市。这座建于12世纪到14世纪间的哥特式的大教堂，尤其正面和玫瑰玻璃窗让人震撼。作为天主教巴黎宗教区的主教堂，它确实让人耳目一新，我做了一次祈祷和心灵的洗礼。

光荣的希腊、伟大的罗马、浪漫的法兰西。

但法式的魅力又岂止浪漫。

法兰西是艺术家的天堂：从古典主义样式的严谨细腻到凡尔赛艺术的荣光华丽，从大革命血火中盛行的浪漫主义到印象主义的新颖探索；从哥特式

爱与孤独并存

到洛可可式建筑风格，从罗浮宫到凡尔赛宫。在文艺复兴的大旗下天才辈出，无论是绘画、雕塑，还是风格迥异的建筑，法国的文化都独立于欧洲的艺术风潮的浪尖。

法兰西是美食家的乐园：中世纪奢华的宫廷宴席造就其世界三大美食王国之一的地位，法式大餐一直为西方餐饮的代表。对复合味调料的追求独特，对食材搭配的选择严苛，法式大厨秉承着“发现一道新菜要比发现一颗行星给人类造福更大”的宗旨，带给世人最美好的味蕾享受。更不用说法国葡萄酒无与伦比的影响力，“赐予天使的礼物”的赞誉当之无愧。

法兰西是思想家的摇篮：从孟德斯鸠到卢梭，“自由，平等，博爱”的声音响遍西方世界。法兰西又是文学家的王国：从伏尔泰到雨果，从巴尔扎克到罗曼·罗兰,文字大师璀璨如星,汇成这条傲于西方文学史的耀眼星河。

法兰西更是无数文艺青年的梦想:无论身处埃菲尔铁塔下,还是徜徉于罗浮宫的艺术长廊中,抑或是沉醉在普罗旺斯的薰衣草花海里,再或者去南法瞭望地中海。法式古典优雅的浪漫暖风,会熏醉游人的每个艺术细胞。可谓闻之心醉,见之忘俗,望之折腰。

离开的前一晚,就又计划起下一次的行程。很多人问,“世界这么大,为什么还是要来法国?”法国的魅力就在于此:尚未离开,便已思念。

瑞士之行

从雪山下来的现在，我的心情就像一个孩子找到心中的家。绿色、白色、蓝色，天空、山川、阳光、湖水，此处应是人间仙境，我像掉入天堂的孩子，想哭，想笑，想诉说自然之美、大地挚爱，还有拥它入怀的欲望。琉森河的光波、

阿尔卑斯山的纯美,还有那一棵棵耸入天空的雪松。美,原来如此真实,美,可以让人想哭,美,可以洗涤岁月的尘埃,不敢写,不忍心写,不能不写,才知道上帝把爱写给了人间,把最好最美的礼物送给了最珍爱、最心疼的孩子——瑞士！期待我们不知道的天堂就像这样,每个来到世上的孩子都可以回到我们共同的家,让温暖、爱、信仰,在未来的路上深深地埋下,让纯净留在每个人的内心,直到永远。听一首风花雪月,吟一曲岁月静好。烟火、流年、红尘、沧桑,浅浅地遇,淡淡地忘。一些偶然,换来心灵的震撼,一些寻找,原来可以不期而遇。自然,在你的面前,我们如此谦卑。自然,你是永恒之美,每个来到人间得孩子都在你的怀里长大,老去,再重新来过。轮回中我愿意在来生做一棵树,陪伴你,祝福这冷暖人间。这一刻,沉默是我对你深深的爱恋,在这一刻,我变成了另一个自己,看到了大地的真诚,看到了岁月的光辉。在这一刻,生命的橄榄枝平和地伸向远方……

意大利之行

意大利之行的第一天，我们去了米兰大教堂，来到了欧洲最古老的歌剧院——斯卡拉歌剧院。在广场上，有达·芬奇纪念广场，看起来颇具气势。

第二天，我们去威尼斯，阳光灿烂。下午我们去了佛罗伦萨，看了圣母百花大教堂。教堂建筑群由大教堂、塔钟与洗礼堂构成，1982 年被列为世界遗产。这座使用红、白、绿三色花岗岩贴面的教堂将文艺复兴时代推崇的古典、优雅、自由诠释得淋漓尽致，真是“花之圣母”。

第三天，我们到了最后一站罗马，这个古老的城市不仅是意大利首都，也是国家政治、经济、文化和交通中心。

罗马也是欧洲文艺复兴的发祥地，距今已有 2500 余年的历史，是世界著名的历史文化名城，因建城历史悠久而被昵称为“永恒之城”。它位于意大利半岛中西部，台伯河下游平原地的七座小山丘上，市中心面积有 1200 多平方公里，是意大利占地面积最广、人口最多的城市，也是世界最著名的游览地之一。我们还去了罗马城中的梵蒂冈。圣伯多禄大教堂，又称圣彼得大教堂、梵蒂冈大殿。由米开朗琪罗设计，建于 1506 年至 1626 年，为天主教会重要的象征之一。作为最杰出的文艺复兴建筑和世界上最大的教堂，其占地面积为 23000 平方米，可容纳超过六万人，教堂中央是直径 42 米的穹窿，顶高约 138 米，前方则为圣伯多禄广场与协和大道。虽然并不是所有天主教堂的“母堂”，亦不是罗马主教(教宗)的主教座堂，圣伯多禄大教堂仍被视为是天主教会最

懂得太多，看得太透，就会变成世界的孤儿。

神圣的地点。

意大利文艺复兴时期的多位建筑师与艺术家多纳托·伯拉孟特、拉斐尔、米开朗琪罗和小安东尼奥·达·桑加罗等都曾参与圣伯多禄大教堂的设计。圣伯多禄广场的设计人是贝尼尼。教堂内保存有欧洲文艺复兴时期许多艺术家如米开朗琪罗、拉斐尔等的壁画与雕刻。

美国之行

2011年12月11日至12月13日

12月11日的中午,我们从上海浦东飞往洛杉矶,两小时后到达韩国首尔机场,短暂停留后我们再乘10小时飞机到洛杉矶。洛杉矶位于美国加州西南部,是美国的第二大城市,也同时是西部最大都会、美国最大的海港。全世界的文化、科学、技术、国际贸易和高等教育中心之一,还拥有世界知名的各种专业与文化领域的机构。该市是美国科技的主要中心之一,拥有美国西部最大的海港,享有“科技之城”的称号。洛杉矶成为仅次于纽约的美国金融中心。简称:L.A.从飞机上晕晕乎地下来,我看到了破破烂烂的城市,似乎和传说中那个骄傲的有些差异,放眼望去,天空一片蔚蓝。到了美国的第三天,我到了拉斯维加斯,它是美国内华达州的最大城市,以赌博业为中心的庞大的旅游、购物、度假产业名闻世界,世界上十家最大的度假旅馆就有九家在这里,是世界知名的度假胜地之一,拥有“世界娱乐之都”和“结婚之都”的美称。这个神奇的沙漠之都,在拉斯维加斯的清晨天空,开始放晴,空中云彩各具风韵,昨天的细雨还在眼前飞舞。从洛杉矶到拉斯维加斯的路上,路过北美最大的沙漠——各卡比沙漠,整个沙漠非常壮观,沙漠上长满各色的植物。很奇怪,美国人的沙漠怎么治理得如此壮观,原来是用飞机进行26次播种,把沙漠绿化。高

当一切都指向当下，生命便变得充盈。

速公路在沙漠中延伸,原来眼中的繁华变得文明和安静,给我们另一种感受。记得昨天刚下飞机时觉得洛杉矶破破烂烂,没有想象中拥有的光芒,好莱坞也没有传说中那么耀眼,只看到静静的美国院落,还有环球影视的震撼。说到环球影城,不得不说说美国电影。美国电影之所以强大,海纳百川一定是重要的因素。给我印象比较深的是美国电影世家弗朗西斯·福特·科波拉家族,弗朗西斯·福特·科波拉 1939 年 4 月 7 日出生于美国密歇根州底特律市一个意大利移民家庭。美国导演、编剧、制片人。他大学就读于霍夫斯特拉大学戏剧艺术系,在加州大学洛杉矶分校电影学院获电影硕士学位。1962 年,他拍摄了第一部电影作品 *The Bellboy and the Playgirls*;1960 年后期,开始了其职业生涯,与罗杰·考曼一起制作低成本电影,并撰写剧本;1970 年,因与埃德蒙·诺思合写传记电影《巴顿将军》而获得第 43 届奥斯卡金像奖最佳原创剧本,引起人们的关注;1972 年,执导了黑帮电影《教父》,获得第 45 届奥斯卡金像奖最佳改编剧本奖;1974 年,编导了黑帮电影《教父 2》,因此获得第 47 届奥斯卡金像奖最佳导演;1979 年,独资拍摄了冒险剧情片《现代启示录》,因该片获得第 32 届戛纳国际电影节金棕榈奖;1990 年,因执导黑帮电影《教父 3》,获得第 63 届奥斯卡金像奖和第 48 届美国电影金球奖最佳导演提名。他女儿索亚菲·科波拉拍的《迷失东京》、三部《教父》, 很精巧地采用了类似的结构——由一场盛大的庆典揭幕,再由一场盛大的杀戮落幕。导演或许正是用这种方式,揭露了黑道生活表面的花团锦簇之下,为一般人所无法看到的残酷血腥。电影的主人公迈克穷其一生的努力,就是希望家族走上合法化的道路,但既陷因果,又怎能逃脱命运的安排?所以,每每己方流淌的鲜血,需要对方付出数倍的代价,而埋藏下的仇恨的种子,又在某一刻生根发芽,长出新的恶之花。

从年轻气盛、不屑家族所为的二战英雄,到临危受命、挽家族于即倾的新一代教父,再到一怒之下,血流漂杵的暗夜帝王,迈克走出的这一条人生轨迹，看似步步偶然，实则命中注定。他沉着冷静的性格，比其冲动易怒的长兄和懦弱无能的次兄，对于承继老教父的衣钵，有着天然的优势。于是，他慢慢地走进黑暗，无法自拔。他脸上的纯真一点点消失，天使不再，撒旦降临。

对于家人，迈克其实是温柔而多情的。对于在西西里岛上不幸殒命的第一任妻子，他歉疚一生。对曾经相濡以沫且为他诞下一子一女的第二任妻子，虽然劳燕分飞，却始终念念不忘。对于儿女，他宠溺爱护，对于老父弱母，他恭顺孝敬。对于兄长留下的孩子，他都尽自己的能力照顾提携。唯一的例外是丧生于他命令之下的二哥弗雷德，而这个不能告人的秘密，也成了迈克一生中内心永不能平复的伤疤。

但对于敌人，迈克永远不会有一丝的怜悯。弗雷德的背叛，已经过去了那么多年，而安于泛舟垂钓的他，不可能对弟弟产生任何威胁。但迈克仍然毫不犹豫地下达了致使兄长死亡的命令。他不能允许的，是教父的至高权威受到挑战，即使，那个人是血浓于水的至亲。

所以，每每当机关枪的火舌喷舞，当黑暗的角落里传来一声冷枪时，一个又一个绊脚石就被他从这个世间除去。直到妻离子散，女儿年轻的生命被碾压成尘土。一代教父在无限的懊悔与痛苦中撒手人寰。但新的教父已经登基，黑帮的史诗仍将继续奏响。

在后院的绿藤下，迈克走完了自己的人生，一如自己的父亲。两代教父之死，为三部曲串联起一个完整的环。生生不息，冤冤相报，太多的人生感悟可以在《教父》中被阅读，被思考，被反省。曾有媒体评出男人必看的十大电影，《教父》高居榜首。而他女儿索亚菲·科波拉拍的《迷失东京》和《绝代艳后》都很符合70年代人的观感，很多年过去了依然记得！电影是视觉听觉结合的现代艺术，也是文化呈现的一部分，也是记录人类成长的良好平台。

1931年赶上美国经济大萧条时，政府没有积极救市，工厂纷纷倒闭，为了拉动内需，开始修水坝，发行债券，在内华达州和亚历山大州间修建水坝。成为

要明白一切的改变从你开始,从我开始。

待到春风吹起，我扛花去看你，说尽千言万语，有意总在心里。

当时世界上最大的人工湖。今天我们去西峡,亲临科罗拉多河,尝试用直升机看峡谷,还可以漂流,用多种方式欣赏大自然奇景——科罗拉多大峡谷。

下飞机后,我们又坐上了轮船,恰逢一位台州老人为我们服务,我们都很幸运,他也格外开心,在船上谈笑风生,好像走到人间仙境。

拉斯的音乐喷泉可以360度喷洒, 音乐喷泉建于美丽湖饭店正前方,是现永利饭店董事长斯蒂夫·韦恩继金银岛饭店、海市蜃楼饭店后的又一杰作。百乐宫喷泉伴随着背景音乐开始喷水,1200个喷嘴和4500盏灯与包括 *Fly Me To The Moon* 在内的音乐保持同步。喷泉喷射的方向与高度全部由电脑程序编排,并与不同音乐作匹配,以达到最佳的艺术效果,很好地将意大利北部科莫湖美丽的自然景色融入了喷泉及其所在的湖面。

如果你是一位电影爱好者,会发现该喷泉曾在乔治·克鲁尼、布拉德·皮特和朱莉娅·罗伯茨共同主演的电影《十一罗汉》结尾中出现过。恺撒宫建于1966年,位于拉斯维加斯大道的心脏地带,可以说是拉斯维加斯第一个主题赌场度假饭店。恺撒宫造景豪华,有雄伟喷泉、数家餐厅、2个赌场、健身温泉疗程、美容沙龙、购物中心、网球场、4个娱乐中心与表演厅,还有占地4.5英亩,设有3座游泳池的“众神花园”,风景怡人。

12月14日

在拉斯的清晨,我们5点20起床,6点20赶往机场。导游说每年这个小小的机场输送300万的客流,真不可思议,在荒漠中没有原始资源的城市能建立如此强大的城市功能。

上午10点到了旧金山,导游说这是全美最发达的地区。雅虎总部、谷歌总部、微软总部、苹果总部、甲骨文总部,都在这里。全世界的硅谷在这里,这里属于北加州。旧金山,又译“三藩市”“圣弗朗西斯科”,美国加利福尼亚州太

我越来越相信创造美的代价是：努力、失望及毅力。首先是疼痛，然后才是欢乐。

——凡·高

平洋沿岸港口城市，是世界著名旅游胜地、加州第四大城市。旧金山临近世界著名高新技术产业区硅谷，是世界最重要的高新技术研发基地和美国西部最重要的金融中心。

旧金山属亚热带地中海气候，拥有独一无二的旧金山湾区、金门大桥和渔人码头，气候冬暖夏凉、阳光充足，临近众多美国国家公园和加州葡萄酒产地纳帕谷，被誉为“最受美国人欢迎的城市”。1769 年西班牙人发现此地，1848 年它加入美联邦。19 世纪中叶旧金山在淘金热中迅速发展，华侨称其为“金山”，后为区别于澳大利亚的墨尔本，改称“旧金山”。截止到 2014 年 7 月，全市人口约 85 万，其中华人 18 万，是西半球华人人口密度最高的地区之一，华人总数仅次于纽约。

计算机产业是世界性的产业，生物能源、生物制药、新型能源，都是旧金山的主要产业，还有2万多家中小企业。这里是工程师的摇篮。

2011年12月15日我由旧金山到了华盛顿。

早晨吃完早餐后，本来的公务活动因为意外取消了，我们只能在市政厅门口照了照片。市政厅很气派，屋顶是用黄金造出的，听说市民可以申请在里面举办婚礼。

匆匆地走在机场，停下来就会记录这段行程，开心地和自己倾诉，怕记忆会忘却最初的感受。以前总觉得出行要和自己心爱的人一起，慢慢感受到自己的长大，原来一个人也可以这么看世界。世界那么大，时间如此珍贵。到现在，心在岁月中显得安静，有前方的风景在等候。

没有惊叹，没有失落，没有那么敏感的心，却还是会收留属于自己的一抹色彩，装载人生的列车。

坐了五小时的飞机，到华盛顿已经12点了。

2011年12月16日

早晨美美地睡了一觉，很想了解美国首都，我先去了林肯纪念堂。林肯是美国历史上很有名的总统，废除了奴隶制，为维护国家统一和解放奴隶做出了重要贡献。后来我又去了白宫和罗斯福广场。下午我们去了美国国会及国家艺术纪念馆。美国国家艺术馆是一座公益性艺术博物馆，这座艺术品宝库拥有4万多件藏品，收藏了欧洲中世纪到现代，美国殖民时代到现代的重要油画、雕塑、版画和素描等，包括达·芬奇、拉斐尔、马奈、莫奈、凡·高、毕加索等大师的作品，让人看得眼花缭乱。这个艺术馆记载了一个民族详细的发展脉络，带给人们的是惊奇的视觉盛宴。之后我又去了美国航天纪念馆。

2011年12月17日

今天去了费城，来到了美国发表独立宣言的地方，对一个学历史的人来

不是每个人都能够把握住当初的青春。

说，这个城市意义不同。费城位于美国宾夕法尼亚州东南部，是特拉华河谷都会区的中心城市，市区东起特拉华河，向西延伸到斯库基尔河以西，面积334平方米。费城是美国最古老、最具历史意义的城市之一，1790至1800年，在华盛顿建市前曾是美国的首都，因此在美国历史上有非常重要的地位。

费城别称“友爱之城”，是宾州最大的城市，与新泽西州仅一河之隔，是美国第五大城市，仅次于纽约、洛杉矶、芝加哥和休斯敦；是全美第四大都会区，仅次于纽约、洛杉矶和芝加哥。费城市区人口共有1553165人(2013年)，都会区人口超过715万人(2013年)。费城地理位置优越，向东北距离纽约大约160公里(2小时车程)，向西南距离首都华盛顿约220公里(3小时车程)。

街上好多人正在游行示威，其他行人若无其事，我们到了这个已经日渐颓废的城市。

2011年12月18日

今天我们参观到了美国纽约。清晨的阳光很足，透出这个城市无限魅力！今天我们先要去参观美国自由女神像。

纽约虽然一般写作“New York City”，但“City of New York”才是官方名称。纽约意为“新约克郡”，英荷战争结束后，荷兰战败被迫将新阿姆斯特丹割让给英国，当时正好是英王查理二世的弟弟——约克公爵的生日，于是将新阿姆斯特丹改名为新约克郡，作为送给约克公爵的礼物。另外由于在20世纪初，纽约对外来移民来说是个崭新天地，机会到处都是。因此纽约常被昵称为“大苹果”(the Big Apple)，便是取“好看、好吃，人人都想咬一口”之意。

世上总有不期而遇的温暖和生生不息的希望。

繁华，是我对纽约唯一的记忆。早些年看了《北京人在纽约》，它折射出东西文化的差异，全景式展现北京人在纽约的生存状态，早在十年前就引起轰动，成为描写第一批赴美淘金的中国人事业与情感历程的经典之作，它也是中国首部全程在海外拍摄的电视剧。纵观改革开放以来的流行文化史和电视剧传播史，《北京人在纽约》与其说是一部电视作品，不如说是一部个人奋斗史，是 20 世纪 90 年代初“出国热潮”的写照，而东西方文化的碰撞引起的不只是疼痛、无助与彷徨。

始于初见，止于终老。

对于这个被称为坐在车轮子上的国家美国来说，纽约简直就是另一番景象，在这里私家车出行率比全美其他地方还低，而公共交通系统却是全美最为健全和发达的地区。纽约的另一大标志之一，就是黄色出租车——the yellow cap。在纽约，的士司机恐怕就是最受欢迎的人群了，当然是当他们坐在司机位子上的时候。纽约人总爱说：“ If you were lucky, you can get a cap(如果你很幸运的话，你就能拦到的士)。”司机的声音在车门关上的一瞬间逝去。坐在这个黄色小车里，打开车窗，欣赏着曼哈顿高楼上空一览无余的天际，看着时代广场行色匆匆的人们，在阿姆斯特丹大街的红砖矮楼中品味这个城市的古典与时尚；而每当夜幕降临时，又能感觉到纽约真正的奢侈与浪漫。

有人说，来到了纽约，你就认识了这个世界。在纽约的机场，各种嘈杂的人群熙熙攘攘。在这里，你可以听到各种语言，见到各种肤色的人们，欧洲人、亚洲人、南美洲人……在纽约你至少能听到170种来自不同大洲不同国家的语言。他们也许长相相似，但是却能从口音中听出，这绝对是“外国人”。

从19世纪80年代的欧洲移民潮开始，有多少人不是从一个小小的梦想开始呢？自1892年到1954年，超过1200万的移民从英国、爱尔兰、德国以及北欧各国经由纽约的艾利斯岛港来到了美国。岛屿前方有著名的自由女神像守护着。当年新移民从船上遥望美国地平线的第一个景象，便是举着火炬迎接他们来到美洲大陆的“自由女神”。如果说“自由女神”是追求自由、新生活的象征，纽约的艾利斯岛则扮演了让美国梦落实的具体存在。他们渴望成功，渴望靠自己的努力得到地位和身份，渴望自己的家园不受侵害，他们远离故土，踏上这块陌生的土地，开始新的生活。但你可知道，那种年代远渡重洋有很大的生命危险。据艾利斯岛移民局统计的资料，大约有数以万计的人在移民途中丧生、病死等。今天形形色色的纽约客们，以及飘落在美国其他地方生根的人们都是那一批批移民的后裔，他们共同用自己的智慧和勤劳的双手建立起了繁荣富强的美利坚。多元的血液和文化，也正是美国飞速发展的原因之一。

美国的城市总是会挂着两面旗，国旗和州旗，部分地区会挂三面旗，城市的市旗。纽约便是这样挂三面旗的地方，市旗高挂在纽约市政厅的楼顶，随处可见纽约州州旗，却很少见星条旗，有人说这正是代表了纽约人的与众不同。纽约客们高冷，却又随性。忙碌，却又懂得生活。时而非主流，却又正经异常。你可以在洛克菲勒大厦前看到那些趾高气扬的社会精英忙碌穿梭，又能在中央车站邂逅一次浪漫；你既可以在华尔街看到穿着上千美金西装忙碌的金领人士，又能在百老汇的路旁看到人们坐在路边咖啡厅悠闲地享受生活；你既能在布朗克斯大街看黑人舞者的绚烂舞技，又能在百老汇剧院正襟危坐地欣赏《狮子王》《悲惨世界》《西贡小姐》等名剧。纽约的生活就是这么丰富多彩、绚丽和夺人眼球，让人无法自拔。纽约又是残酷的，多少人为了自己的利益，在这里残酷厮杀。从17世纪荷兰人第一次到达这里和印第安人斗争开始，再到现在人与人之间残酷竞争，大公司与大公司之间互相斗争，让这座城市不断向前发展，却又成了弱肉强食的活战场。纽约人总是在奋斗，为自己，为家人，为理想，为生活。任何一个能在纽约立足的人，无论在哪儿，都会找到成功。夜晚的纽约灯红酒绿。

每当晨曦降临，阳光刺穿云层，整座城薄雾弥漫渐渐沉寂，宽敞的街道边玻璃幕墙反射着掺了黄的绿光，褪去灯红酒绿的纽约，跟影片里的纽约一模一样。离开了聚光灯和华丽的霓虹，它只不过是一座城。纽约只是座像所有建筑物一样用基础线条拼凑出的简单城市。也许只有破晓那一刹，零碎的阳光重新洒满各幢大厦外墙、街道边的时候，纽约才短暂地露出厚朴的本质。

从西部到东部匆匆地走了一圈美国。那年的冬天我和家人又去了夏威夷。我认为那是全世界最美的地方之一。记忆里还有金融街刺骨的寒风。

一切的记忆仿佛消失于茫茫人海。

可是，这些记忆，图文并茂，样样都在，甚至那天空气中从车站吸烟室飘出来的烟草味道都清晰可见。它记载了我对世界第一的初步认知。青涩、柔软、欢愉。当“心识”主导了记忆，经常陷入苦乐不分、爱恨也不分的境界中。

再后来，既然不分，也就懒得分。只是依稀记得……

日本之行

初　见

从旭山动物园回北海道的极速快车飞奔在田野上，落日余晖映照，远处的山峦连绵不绝，这是来日本的第五天了。小时候向往的三个地方，夏威夷、巴黎、北海道，都已到过，昨天发信给友人，它就是我想要的样子。一个陌生的人，一个向往的城市，如果真是你想象的样子，这可不可以说是一种圆满。或者说，前世遇见过。

回想这两年，煎熬成了回忆，身边的老人和孩子怡然自得。

陈丹青在纪念木心的文章中有这样一句话："这不是节哀的问题。哀伤不难承受。我要试着安顿而难以安顿的，是应对消失。"

是的，"哀伤不难承受，需要试着安顿而难以安顿的，是应对消失"。

光阴和岁月在眼前晃动，仿佛前世，路途中所有幸福着的人都不会想到生命的无常远远大过永远，拥有时，好好地珍惜吧。

生命会有不告而别，只是没有想到我也会遇到，现在再去回味《红楼梦》，它根本不是一个悲剧，没有悲情可言，它只是在讲一个欠与还的因果，平实至极。

不就是这么回事吗："欠泪的，泪已尽。""分离聚合皆前定。"

宝黛如此，蒋玉菡和花袭人如此。我和他亦如此。世间所有的姻缘都是如此。

如果缘尽至此，还硬要在一起，才是真的悲剧，那意味着，新一轮的缘起，要几时才可以尘埃落定。

几时？又要怎样的颠沛流离，风尘仆仆？

如果我们对此并无所知，为什么此刻就算想一想都已经要哭起来了。

只是，“这一程，不舍，无憾”。

但愿真的可以，无憾，也希望“无憾”是我面对一切消失，包括我自己终将消失时可以有的定力。想想，都为自己心酸。

清晨的列车已经飞驰，去洞爷湖的路上，想想非诚勿扰的那个葬礼片段，还有初看时的眼泪，这个世界总是在遇见、消失。但愿，风起花落，善始善终。

小的时候，想着有一天可以去夏威夷、巴黎、北海道。这个夏天，终于启动了行程，到了东京，坐了长途电车。从机场到机场酒店的车厢，熙熙攘攘，它穿越森林和山洞，在一侧的窗户上映出绿色的河川，另一边窗户闪现出一处处民居。

偶尔，车厢里的静默提醒我，这个城市把绿色带进梦乡。到达东京最有名的酒店之一，一整天下来被烤成了疲惫的骆驼，泡澡时昏昏入睡。

无法阐述，却又能理解。

孩子、老人，怡然自得，看到一张干净的大床，享受着自行定义的行走。只是不习惯一个人。不习惯出行的方式，但接纳并欣赏。昂贵的打车费、自然的环境，与原来的城市文化也是不同的。这个城市人流涌动，交通便利，秩序感强，人与人之间冷漠，文明。

很晚的时间，迷迷糊糊地吃了顿中国餐，然后迷迷糊糊地睡了。东京的第一夜，记忆犹新。

沉寂幸福的日子，对岸是记忆，夏天在东京继续。早早地起床，乘电车到了东京迪士尼。记忆奇迹般地翻转，香港、奥兰多……过山车、小小世界、魔幻世界，旧时的心愿和今天的童话故事相逢。蜿蜒曲折，犹如迷宫，充满欢喜。和宝贝们一起追逐银河，充满欢愉。哪里的迪士尼都人多。

后来，我们赶向那个梦中的期待。

北海道，只是这三个字，就会令无数人心驰神往，这里是日本的游览胜地之一，也是日本的粮食基地之一，小麦、马铃薯、大豆、乳牛与牛乳产量居日本全国最前列，木材产量、捕鱼量居日本首位，矿产资源丰富，为日本最重要的煤炭产地。春时满城樱花，夏日山野烂漫，秋季红叶清幽，冬夜飘雪浪漫，这是一座北方的海岛，四季分明的浪漫北国。浪漫是北海道的符号，温馨是北海道的情怀，来到北海道，皑皑白雪中有街灯和洋房，薰衣草的香气伴着夏风吹过金黄色的麦浪。雪山下的红叶林间，冒着热气的温泉奔放着叮咚流淌，眼前此情此景，无法不让人动真情。

北海道历史上曾被称为“虾夷地”，明治年间改称为北海道，并作为日本都道府县行政划分中唯一的“道”沿用至今。北海道按照传统的地域划分可分为道央、道东、道南、道北四个大区。其中道央地区的主要城市包括首府北海道、小樽、室兰等地；道东包括钏路、网走、北见、十胜、根室等地；道北包括旭川、留萌、稚内等地，道南则是以函馆为中心的区域。北海道的开拓历史并不长，多数城市随日本明治维新后的近代化而兴起，因此城市也具有典型移民城市的特征。无论是街道规划，还是建筑风格均采用了欧美近代化城市的风格，与日本本州、九州及四国历史悠久的古城大相迥异。尤其是小樽与函馆等早期开放的港口城市，街道上砖石结构、砖木混合结构的欧式建筑比比皆是。农业建筑虽然有一部分木造建筑，但多数为美式与俄式的田园风格，和日本传统风格的木造建筑相比，又有着较大的区别。所以，来到北海道，除了感受到日式典型的“小清新”情怀和最专业的日式商业服务之外，更能领略具有欧美情调的城市面貌，各种欧式风格的建筑散落在札幌、函馆、小樽等城市里，尤其是在飘雪的季节，这些独特元素杂糅在一起，让北海道更添浪漫的气息。

北海道多火山，较为著名的有大雪山(主峰旭岳为北海道最高峰)、十胜山、有珠山、地狱谷火山、羊蹄山、利尻山、驹岳等，因此地热和温泉资源充足。从北海道西部日本海沿岸一直延伸到本州的东北、北陆地区日本海沿岸，因洋流作用导致冬季降雪量极大，被称为日本的“豪雪集中地带”，雪期从每年的 11 月一直持续到次年 4 月，雪质极佳，山区部分滑雪场直到 5 月初还在

一个人的岁月，也要精彩。

营业。

北海道人口约550万,属于人口密度较低的地区,主要人口是由本州的移民组成,原住民为生活习惯、信仰与东北亚地区北方民族相接近的爱努人。

作为日本最北端的行政区，北海道保留了与本州基本相同的生活习惯，只是因地处日本的寒冷多雪地区,在饮食、文化、人文、性格等方面,北海道与本州又有着一定的差异。北海道的住民大多是在百余年前的“北海道开拓”时代，由日本各地迁移而来的移民，属于典型的移民地域,性格相对东京圈来说更为爽朗与热情,大多数人对于外国游客是非常友好的。

在日本，神教与佛教共存已被一般日本人广为接受。大多数日本人在人生的不同时期,都会拜访神社和寺庙两个地方。不知道大家是否还记得电影《非诚勿扰》中葛优误闯入黑社会葬礼的镜头。这个片段其实也反映出日本人的一个文化习俗:在寺庙办葬礼。婴儿出生时去神社参拜,成年后在基督教堂举行婚礼,死后在佛教的寺庙办葬礼,多种宗教习俗混杂在一起,对日本人来说并不算新鲜事。此外,基督教等外来宗教的影响也对日本文化有着不小的影响。

信仰与禁忌

在日本,人们主要推崇神道和佛教,现在大多数日本人并没有特定的宗教信仰，但是许多宗教仪式或活动已经与日本人的生活融为一体,如婚礼和葬礼。神道教是在日本本土发展出来的宗教,祭神的场所是神社,

世界让我遍体鳞伤，但伤口长出的却是翅膀。

——阿多尼斯

神道教认为自然界万物皆为神。在《日本书纪》中,佛教于 552 年传入日本。7 世纪初,圣德太子兴建法隆寺,致力推广并普及佛教。此刻,大多数日本人仍自认是佛教信徒,无论是实际上或是名义上。1549 年,天主教进入日本,至 17 世纪初,教徒大约有 75 万人。然而后来德川幕府实行禁教政策,直到 19 世纪后期,美军强制日本开放贸易与外交的黑船来航事件以后,传教活动才再次兴盛于日本。现在日本经过正式受洗的基督宗教教徒不超过总人口的 1%。

日本到处都有各种不同的神社和寺院。在不同的时期,这些神社和寺院内还会举办不同的仪式和祭典活动等。元旦这一天,人们很喜欢去各大神社和寺庙进行新年初次参拜,很多葬礼也都在寺庙举行,这些寺内还有放置墓碑灵位的专用场所,特别是市内一些不太知名的中小寺院,所以请尽量不要随便进入参观。神宫则是天皇和皇室祭拜先祖神灵的主要场所,多为著名的观光景点,如平安神宫、热田神宫等,很多传统的婚礼都在神宫内举行,如果碰巧遇到,非常值得驻足观看。

环 境

日本列岛按照地质构造可分为西南日本与东北日本两大区域。其界线为本州中部的糸鱼川静冈构造线。日本列岛附近是欧亚板块、菲律宾海板块、太平洋板块和北美洲板块的交界地,同时日本列岛还处在环太平洋造山带、火山带、地震带之上。故日本为多地震、火山与温泉的国家。日本最高的山峰海拔 3776 米的富士山本身就是一座活火山。

再向日本行

第一天

飞机从合肥到大阪约三小时的行程，第一次乘坐春秋航空，唯一的不适就是座位不能调整。一部电影，一杯水，仿佛过去从合肥飞上海的感觉，看了汉斯·卡洛萨导演的《与女人们的对话》，这部获东京电影节提名的电影，在航班上观看似乎有了一种特殊的感觉。入关、安检，都很顺利，机场的人也不多。很清静的欢喜，难得轻松出访，好像我的心境在新的一年里轻松了很多，与谁有关？

第二天因为昨夜无法入睡，懒懒地起床，早餐还是急急忙忙地吃了点。从机场去大阪的一路，导游不停地在说话，我一直在听：1.岛国的根性；2.垃圾分类；3.珍惜资源。三个小时的行程我们走到大阪公园，早晨的雨已停，阳光灿烂，我们各种幸福的笑脸，在阳光下洋溢。午餐吃得饱饱的，然后再到京都，这个我向往好多年的城市。那个城市的格调我好喜欢，想到久石让，想到《我是猫》，想到夏目漱石，想到太宰治，还有村上，那么多的故事……我来了，但只是驻足，京阁寺那个黄色的光，阳光好美，我们恬静地留影。一路上，岚山的风有点凉，我们美美地拍照。河边，夕阳下。各种怀念开始徜徉，于是我们说：一个民族，当女人不懂爱情，男人不知风骨，就算江山如此多娇，也照样随时满目荒芜……还好我们在一起。晚上在边上的居酒屋里我们喝着清酒。回到房间里，我们喝得很开心，每句真情的告白我们都记在心上。有点多了，今天一路我一点都没睡……醒着，回顾好多好多的过去。我记得今天是三月的第二天，春天的京都那么美，好像天空之城……

第二天

今天从京都到富士山，早早地醒来，期待有幸运。一碗粥，一块熏鱼，一杯牛奶。准时出发。一路上，导游把她在日本十年的知识都告诉了我们，关于教育、食品、文明……期待着我们可以看到富士山……中途到高速休息，这是以音乐为主题的休息站，买了些久石让的音乐……有人说富士山，有缘的人才可以看到……我来了很多次都没有见过，它像含羞的姑娘：在对的时间遇到对的人，在对的地点看见富士山，我们都是那么单纯的人。美，那么美，富士白雪映着阳光……中午的午餐是和着阳光喝的带着金箔的烧酒，晕与不晕间，想起了阿比斯山，以及山顶的餐厅……流连忘返，无法忘记每一朵云彩，好像为了我们而生。富士山远观比走进山中看更有视觉冲击，它是一个休眠的活火山，平均300多年爆发一次，现在距离上次爆发已经300年，所以随时都有可能迎来火山爆发的惊心动魄。全山共分十合目，因为全年能看到富士山的天气只有不到80天，所以我们觉得幸福感那么强……富士山之于日本，就像长城之于中国，自由女神像之于美国，埃菲尔铁塔之于法国，大本钟之于伦敦，一样的情结。神山、信仰……那个圣岳在心中及眼前晃动。后来去了野八海，与山中湖相通清澈见底，鱼儿自由欢愉。西湖岸边有红叶台、青木原树海、鸣泽冰穴、足和天山等风景区。河口湖在五湖中交通最为方便，湖中有岛，是五湖中唯一有岛之湖，湖中反映富士山倒影，被称为是富士山奇景之一。

期待，期待再来是和心爱的人。富士山下的酒店好像家，安宁，舒适。晚上，

晕了……欢乐。那些光，想象的光在记忆里晃来晃去，那么美，那么美……

此刻，突然想起阿信在歌里唱的："你的眼中藏着什么我从来都不懂，没有关系你的世界就让你拥有，不打扰是我的温柔。"今天，是幸福而充实的……

澳洲的天空

2013年 8 月

很久没有写东西了，不想写，也没有时间写，但有些文字的温暖就像小时候的梦想，在骨子里晃来晃去，不写，又怕有遗漏。写给谁？自己，还有想念的人。

每次旅行和这一次都不一样。

因为这是我第一次一个人带着孩子在国外生活。因为曾经的痛苦，不敢轻易地晒幸福，这何尝不是一种悲哀？每天在网络上看到的、想到的，让人夜夜或醒或睡。

出来的每一天都想家，其实我是一个不喜欢远行的人，但岁月让我改变。发现有爱，在哪都是家。我说我固执地敏感地在意生活的细节，其实是固执地守着原来的自己。是的，虽然也许我不应该这样说，那个人也没有郑重地表达多么爱你，但你能懂得这份深深的恩情，好似亲情的爱情，他始终在我的生命里。其实我一直认为自己是个本性孤独的人，除了给你们偶尔写写东西外，别人的世界，我都没有踏足过，也没有让别人进来过。

所谓的强大，那是对生命的敬畏。

这次来澳洲，我追着你问：你懂我吗？你笑答：懂。

如果没有人懂得自己的生命,为何努力,如何强大,这是件多么让人感到沧桑的事。金钱到最后都是人生的作业,答案都不重要,只是梦想不可以丢,包括向往、理想,还有爱情。

很想让自己真的可以停下来,但很难。人太多的烦恼来自这种自以为是,自以为别人会依赖你。真的很想静而能后定,定而能后安,安而能后虑,虑而能后得!我知道,我深深地知道,我也很想可以躲到魏晋南北朝时期,自由,激荡,可是,我在这里,每一天仍然积极向上。

夜晚总是那么长。

喜欢这里的蓝天、白云,周末去了猎人谷,到了其中的两个五星级酒庄,确实觉得这里很美,人们也很慵懒,生活中随处可见美景,我们住得离 Daling 港很近,离唐人街也很近,所以逛华人超市也成了生活的部分。这里穿衣服可以混搭,没有精致的美,但有随意的安逸。

第一天我们俩起床后吃了些面包, 开始准备去超市买些中午的食物,丫

默然相爱，寂静欢喜。

头或左或右地跟随身后，回家后她也当起了帮手，择菜、洗抹布、点香、倒酒，好一番忙乎……显然比她玩手机快乐多了。

某人走了，今天一切回归正常生活，和朋友聊了未来规划，准备在海外办幼儿园，发展儿童线上产品一体化。

也许我太过于有努力的责任感。

喜欢和丫丫在一起，看到生命中的另一个自己，简单、温暖、快乐。

这是自己生命的另一种创造。每一个细节，每一种滋味，每一滴泪水调进笑靥里，感恩，可以遇见。下辈子，还想做人，冷暖之间的这种苦乐，还是有趣的。

澳洲之行

这个岁末坚持上班到了年二十七,上午一场大雪纷飞,意味深长地告诉自己来年的世界是洁白的,也是丰收的。第二天阳光透出笑脸,早早地和预约的女朋友聊聊人生,期待新年的到来。下午先生回家了,回到人生中这片刻的专属舞台,充满私密和兴奋。下午在洒满阳光的午后,亮着灯,小小地眯了一会,过去岁月中那个有灯光就无法入睡的姑娘变成了纯粹的女人和妈妈了。期待新年的到来,家在鲜花中充满了年味,爸爸在认真地贴着春联,他慵懒地躺在沙发上看着电视,妈妈在厨房准备丰盛的晚餐。第二天就是除夕了,相约弟弟们及孩子们一起在饭店里吃年饭,岁月从指尖滑过,忽然间觉得已经人到中年,孩子们在爆竹声中拿着红包,唱着歌儿,欢乐地长大,穿上新年的衣服,爸爸妈妈在幸福中度过岁月。

今年带着老人及孩子一起到澳大利亚过假期,从上海飞悉尼的航程需要十个半小时,以前对于远途旅行,很恐惧,而今天开始慢慢地习惯。浦东的机场依然那样壮观。丫丫在每次飞行的时候都很雀跃,而且她在旅行中无限地绽放,美丽而热情。

悉尼的机场人群涌动,气候还算适宜,我们匆匆地去了悉尼湾大桥和悉尼歌剧院。在蓝天下它们显得格外壮观,天空明朗,路上的人群懒懒散散,说不上给我的感觉有多美,只是觉得他们的步伐没有速度,空气中听不到压力。住在悉尼最好的酒店, 感觉每个角落都是真实的人间存放, 自然在这里渗透人心。夕阳下酒店外的天空一片纯净,晚霞带着羞涩抚慰大地的辛酸,明亮而温暖,安安静静地再读安妮宝贝的《眠空》,心安静得像天空的云彩。红酒、海鲜、阳光、沙滩,这是个没有预设的岁月……

一路奔波,从悉尼飞往波里斯本,飞机晚点,落地之后又去了南太平洋的摩登岛,这里和海边的城市都有共性,海滩、热带植物、烤肉,还有啤酒、慵懒的人群……2 月 14 日情人节,收到老公买的戒指,还有香槟。晚上的房间可以见到太平洋,女儿、先生,坐在阳台,共浴爱的阳光,丫丫穿梭于冰箱和阳台之间,把冰块加在香槟里,听着海浪的声音,共度快乐的情人节、幸福的情人节……

2月 15 日,倾盆大雨,每个小时都经历一遍四个季节,这也许就是海洋的魅力,涛声、蓝天、海豚、海、远处的风帆……从摩登岛飞向黄金海岸……从酣畅淋漓到沐浴清醒……这是从来没有的体验……

2 月 16 日,在黄金海岸的华纳影城,丫丫开心地玩了所有的项目,开始越来越勇敢。坐过山车、旋转木马,天使在微笑,这是绽放的、美丽的、自然的、愉悦的亲子时光。晚上入住万豪酒店,一进门,让人眼睛一亮,美,人性,舒服,房间全是白色的,仿佛童话的世界。丫丫瞬间变成了一条快乐的鱼,自由自在……

自然之美,用手抚过,用心记着,方才显出独特之处。心在此刻融化,与万物融为一体。丫丫说,每个生命都是最重要的……

吴哥之行

带着团队一起去吴哥窟，领略世界文明的遗留。

因为目标就是吴哥窟，所以其他地方我们并没有做太多的停留，直接朝目的地出发，到了附近的酒店已是傍晚，友人提醒如果是要看吴哥窟最美的风景，就要去看日出。为了看到吴哥窟的日出，我们早上6点不到就出门了，坐的是当地流行的一种交通工具——嘟嘟车。从酒店开去景区十多分钟，沿途高大的树木，密集挺拔，苍翠深沉，安静地耸立在大路的两旁。我知道那是有着阅历的生命，见过历史，见过烽火，也见过辉煌。时代变迁，但是树挺立而不动，渐渐开始让我感受到一些凝重的氛围。

到达入口的时候，天边略有一些亮色，但是太阳还没有出来，走在190多米宽的护城河边上，呼吸着太阳将要出来的新鲜，脚下却是凹凸不平的500年前的石路，眼前是五座塔楼探出围墙的剪影，渐亮的天空和河面呼应，把过去和现在连接，时空其实就存在于自己的认识里。想象那里曾经的繁华与涌动的人群……

终于走到池边，很多人都在选择适合的位置。我并不知道将要看到的是什么景象，只是选择一个人少的地方安静等待。太阳慢慢地升了起来，不是在天空中，而是在塔前这一池的湖水中，景色、阳光和灰色塔影一起叠映在水中，加上莲，以及清晨的曚昽，恍然理解为什么要看吴哥窟的日出了。

看到光、水、色彩和塔顶相互融合在一起，留在你眼前的景致，会让你以

所有的记得都是为了忘记。

往很多的感受都只能如水流，不着痕迹地滑过并遗忘。人言浮生半日，胜过悠长的等待，我更觉得就是这个宁静的早晨，与日出交融的瞬间，胜过浮生半日。

太阳已经完全升起来，人群开始散去。家人和我坐在安静的水边，在那里小憩片刻。我们坐在朝阳挥洒的水边，看着不远处贩卖商品的小贩，惊讶于她们安然地头顶着大筐的东西，却身形轻盈，脸上是安然的微笑，跟在她们身边的小女孩，也是同样可以头顶重物身轻如燕，而脸上呈现出的是虽然稚嫩但是非常自信的微笑。也许这些沉重的物品压着她们的生活，但是轻盈的步履和自信的微笑所展示的却是接受挑战、享受生活的心态。望着这样的人群，让我心底无端生出赞赏和钦佩来，头顶的物品带来的一定是收获和美好。

而接着去的塔普伦寺给人的冲击更大。在那里，在时间有魔力的手里，自然的热带雨林和人造的建筑融为一体。不时可以看到盘根错节的粗壮树干、树根和石塔、石门、走廊纠缠在一起形成了奇异的景象。最奇特的是树中一张佛像微笑的脸庞，它的身体已经完全被树木遮盖住了，而那永恒的微笑却依然透过时光、树干传递给我们。和女儿不断地看着一张又一张微笑的脸庞，四周安静而祥和，就算是强烈的阳光，在一片微笑的融合中，也非常的柔和，带来的竟然是光亮和清爽。也许这就是微笑的力量，可以穿透日光、人心和时空。

等车离开塔普伦寺的时候，一家人坐在候车亭，墙上挂满了图片和说明，告诉游人，恢复这片历史的种种努力。在阅读和等候的时间里，我恍然明白了微笑脸庞的深意。

佛教的禅师，总是问前来请求开示的人们一个简单的问题：你相信今生之后还有来世吗？在看到这片微笑脸庞之前，我常常对这种现象感到好奇，因为我不明白，这个哲学命题真实的含义的是什么，我只是简单地理解为那是命运和因果以及轮回的意义。甚至我也不明白所有回答这个命题的人，是否相信这个哲学命题。而这个时刻，我明白了，这个命题的真实含义应该是要求每一个人，要从内心深处去感觉到有来世，因为，如果人们相信今生之后还有来世，他们的整个生命将全然改观，对于个人的责任和道德也将了然于胸，他们也就必然会约束今世的行为，不会只为今生而活，这些穿越时空的微笑，就是最好的佐证。

想到这一点，内心升起无限的感动，每一个人知道一定会有来世的时候，今生就一定要有价值能够延续下去。其实，我们大多数人都是依循既有的模式活着：年轻时候，我们都在接受教育；然后，找个工作，结婚生子；我们买套房子，在事业上力争上游，梦想有座乡间别墅或第二部车子。有些人所面临的最大烦恼，居然是下次去哪里度假，或节日的时候要邀请哪些客人一起吃饭。我们的生活单调、琐碎、重复，浪费在一些无关轻重的小事上，因为我们似乎不懂得还能怎样过日子。

我们的生活节奏太快，快到几乎无法思考和安静，没有人有时间去考问“今生之后是否有来世”。为了拥有更多的财物，我们拼命追求享受，最后沦为它们的奴隶，只为掩饰我们对于变化的恐惧。我们的时间和精力消磨殆尽，只为了维持物质形态的追求，唯一的人生目标，就成了要把每一件事维持得安全可靠。一有变化，我们就寻找最快速的解药、一些表面功夫或一时之计，我们的生命就如此虚度，甚至只有到了生命的最后一刻才开始珍惜生命的价值。

我们应该在每一个时刻都观察生命的意义和价值，我们应该承认这个哲学命题：“今生之后会有来世。”此时此地，我们就可以开始寻找生命的意义了，当我们付出努力为人们做一些事情的时候，当我们尊重自然和生命的时候，当我们带来和平与协调的时候，当我们不过度消耗物质和自己生命的时候，当我们可以认知宇宙自然力量的时候，我们可以全心全意、心平气和地把每一秒当成改变和准备永恒的契机。

车来了，我很开心地望着渐渐远去的微笑的头像，塔普伦寺，甚至整个吴哥遗迹都在热带雨林的怀抱中，在大自然的怀抱中，在漫长岁月的怀抱中，渐渐消融。虽然人的生命无法和这些头像相比，但是认定了来世今生的人们，雕刻了这些微笑的脸庞，就这样一代一代地延续了生命，和自然、石头一样拥有了恒久的价值。

2012年向我走来，告别那段最痛的岁月。让自己在每次旅程中获得新生。那段沉痛的岁月在心的岁月画下了一轮轮烙印，告别，永远的告别。

梦想无论怎样模糊，总潜伏在我们的心底，使我们的心境永远得不到宁静，直到梦想成为事实为止，像种子在地下一样，一定要萌芽滋长，长出地面，寻找阳光。

马上就是农历的新年了，新家、新车，还有生命中最珍贵的礼物回到我的身边，一切显得安详平静，那颗孤单的心被温暖得有点游离。下段人生该走向哪里?

心灵的家在未阅读的故事里建构,那样期待,获得心灵的富足……

想念故乡冬天暖暖的阳光。记忆里的故乡,还有小时候妈妈床上的那张古老的凉席,还有外婆腌制的咸菜,还有夏天那些鸟雀的叫声,还有新年的花衣服……

记忆中那段长长的上学的路,还有生命里收到的第一张情书……还是如此的清晰。不安分的心在爱中跨越。

蜕变的生命一直创造奇迹,简单却勇敢。女人变成妈妈原来如此的幸福,爱和心在自然的传承中得到如此巨大的力量。像重新获得的童年,在风筝的飘摇中尘埃落定,我原来就是如此普通真实的女人。

我努力地让生命中遇到的每个人都不缺失, 那个背包好像可在命里,却越来越轻。

接近自然,和大地从此融合,在每次飞行中那么多涌动的语言需要表达,而窗外细雨纷飞。

自然在季节中舞动风采,我有时敏感,有时忧伤,有时妩媚,相信在未来的岁月里修行会有收获。健康,爱,善良,沉静,我是千万生命中用心活过的一个。寻找,是我永远的需要,没有答案。

上海印象

感慨人生,感激父母,感恩生活。如今对上海的印象有点变化。

第一次来上海已经好多年,还存有照片,在黄浦江边,没有什么特别。

再后来,觉得到上海有种暖暖的感觉。

后来,成为半个上海人,觉得那个人还不错。

于是,在上海有了家,当然上海变得越来越美了。

高架、上海话,还有很多以前不喜欢的东西。

但上海繁华、小资,有我很多以前不懂得的东西。

喜欢长乐路的小店,喜欢老洋房的餐厅,喜欢上海的石库门。

当然更喜欢盛开的世博。

上海是滩,海纳百川,对上海的印象越来越好……

美丽的马尔代夫

没有想到印度洋中会有这样的尤物，曾经听过，没有想过。飞行九小时后，我到了这个人间将要消失的美丽岛屿。

沙滩、水上屋、大海、岛上星星的自发灯火，还有葡萄酒、海鲜，感叹这是度蜜月的好地方。

坐着水上飞机俯瞰岛屿，才感觉到它会慢慢地消失。

文明，温暖，安静，浪漫，这是我初到马尔代夫的感受。

写给女儿

2008年4月25日

亲爱的宝贝女儿：

今天离你来到这个世界还有两天的时间，上海的阳光灿烂，仿佛知道你要悄悄地来临。妈妈充满期待。希望看到你健康、漂亮的脸蛋，妈妈相信我的宝贝一定是最棒的。

宝贝，自从有你的那一天，在这个世界上我和你的爸爸就多了一个永远的朋友。妈妈昨晚要求爸爸为你写点什么，可爸爸说从来没有写过这样的东西，但爸爸一样爱你，一样充满期待。

宝贝，妈妈从有记忆以来，就是一个追求上进的女孩，所以读书，工作，做事，一直忙忙碌碌，没有停下来过，直到临产的时候才真正休息了半个月，妈妈的妈妈一直在身边照顾我们，那种温暖好多年没有过了。昨天我还和你外婆说，二十多年后，我是否一样静静地陪在你的身旁，等待你的宝贝出世。生命也许就是这样一代代地繁衍下来，伟大却很平实……

宝贝，爸爸，妈妈一起为你准备了很多必需品，也买了很多的花衣服，这里面有你爷爷奶奶、外公外婆、叔叔、舅舅的爱，他们都和我们一样用期待的心等待你的到来，相信你是快乐的天使，我们的天使……

这些日子,因为睡觉的时候怕压着你,妈妈的睡眠一直不好,但每当感觉到你在我肚子里乱踢、乱抓的时候,总是充满兴奋地和你斗智斗勇,一直到你平静下来,我才安静地睡去。昨天,舅舅打电话问妈妈怕不怕生产,我干脆地回答不怕……因为我想去迎接一个新生命的诞生。

亲爱的宝贝,你是我和你爸爸生命中又一抹浓艳的色彩,将会伴随我们这一生。

宝贝,虽然生活艰辛,生命沉重,但妈妈还是希望你来这个世界走走看看,寻找自己的幸福,爸爸妈妈因为有爱走到了一起,有了你,无比地惜。

走在忙碌的大街上,看着攒动的人群,常常感叹为什么那么多的人,但现在想想每个生命来到这个世界都是很不容易的事。

亲爱的宝贝,为了我们的相见,我们都要加油。

爱着你、想着你的妈妈

2008年4月25日上午

亲爱的丫丫:

妈妈爱你,爸爸爱你。好多人都爱你……看着你长大,觉得生命那么神奇,谢谢你带给我们的欢乐。

今天起,你的生命中多了两个妈妈爱你了,请相信她们甚至比妈妈还要好。荣荣老师和丽丽老师她们都是充满爱的人。

丫丫,你聪慧、善良,而且敏感,知道很多……很多……带着你的那么多天,妈妈觉得骄傲。

宝贝,妈妈代你谢谢生命中那么多爱你的人……

幸福地长大吧,我最心爱的宝贝,爸爸妈妈会爱你到永远永远。

在记忆里的一些瞬间，经历时没什么特别，回想时，却胜过万语千言。

2010年10月18日

我是丫丫，我现在两周五个半月，我太小，由妈妈阿静代笔，叙述我的成长记忆……

我妈妈说，一不小心有了我……

我出生在上海第一妇婴医院浦东分院。我来的时候肉乎乎的，有七斤多重……我会给你照片的。

我满月时开始期待这个世界。

我两个月到了万佛湖。

一岁，我去了韩国。

一岁四个月，我爬到黄山最高峰。

一岁五个月，我去了人间天堂四川。

一岁十一个月，我到了香港太平山——太美了。

两岁两个月，我又到了香港迪斯尼乐园，漫天大雨，我和爸爸妈妈在一起。

我去了天目湖度假刚回来。

我幸福快乐地长大……祝福我吧。

妈妈的幸福

有了孩子从后，觉得过的是另外一种人生，仿佛前面的生活、友谊，所谓的爱情都是那么的遥远。

妈妈，天下的妈妈一样都会爱自己生命的延续——孩子。

孩子温暖地在肚子里呼吸，是妈妈的幸福。

孩子出生时的第一声啼哭，是妈妈的幸福。

孩子牙牙学语，是妈妈的幸福。

孩子迈出的第一步是妈妈的幸福。

原来的岁月里，我并不知道妈妈的幸福原来这么简单。

妈妈可以不诉说，可以永远五彩缤纷。

这就是生命中无法取代的爱。

原来的我并不知道。

现在我开始享受生命，享受属于我的宝宝贝贝。

妈妈的幸福原来这么简单。

丫丫幼儿园毕业了

怀着忐忑的心情,从梦中醒来!惦记这场四年里最后的告别仪式,也是我特别想要参加的仪式。丫头的幼儿园毕业典礼,可惜我和丫头一样带着一点遗憾,让她带病参加。我常常告诉她人生不可能没有遗憾,但要尽量地减少遗憾,一切都是美好的。

四年来,荣荣、白雪、大姨你们是值得拥有鲜花和掌声的。四年来,第一次以妈妈的身份给你们送花,你们给一群种子铺设温暖而且坚实的土壤,坚持,陪伴,带领,这会留在孩子的生命里。这四年来我为你们平凡而伟大的付出深感自豪。

分别是不舍的,想想很舍不得,好像和家长们还有很多未了的情缘!也感恩大 A 班一起给我们留下那么多美好的记忆,这些是我们一起送给孩子们童年最好的礼物!

感恩一切美好的遇见!祝福宝贝们平安地长大。

遇见同学

前些天和高中同学见面了,每个人心中有暖暖的感觉。

后来,商学院的同学在广州见面了,马来西亚的木顺、燕美,东莞的燕全、云龙,深圳的邸村,大连的杨桦,上海的志芳姐。

暖暖的相遇,深深的回忆,还有曾经的后怕。

谢谢云龙的提议,谢谢杨桦的默契,谢谢阿敏的眼泪……

人生很多意外的相逢,带给我们很多意想不到的喜悦。

感谢所有的分享,真诚、感人。

会记着,这是人生的另一种幸福。

新年的祈福

在计量岁月的刻度上，比一天长的是一周，比一周长的是一个月，比一个月长的是一年，那么，比一年长的呢？没错，那就是一生。生命有终点，岁月无尽头。2010年，感动、争议、对决、悲伤，都过去了，带着无限的不舍。

刺骨的寒风、闪亮的星星、美丽的莲花灯、新年的钟声，带着满满的虔诚我在九华山走进2011年。

那么虔诚地跪拜，直到好像断了腰，眼中还有感动的泪水。

与佛已经有了不解的缘分，虽然我现在还无法懂得。

在留恋的情绪中，我被另一种悲伤淹没了。我心中有着眷恋的情愫，但同时理智的声音又指出：为了我们继续保持自我，为了成功地实现我们幸福的愿望，这是唯一的路，勇敢地与过去告别。

这是个感动泛滥的时代，但在当下，却在心中有不同的涟漪。

感谢我所拥有的，父母、爱人、宝贝、友人，还有我心爱的事业。感恩无限。

祝福和平，祝福健康，祝福拥有，祝福大爱。

新年快乐

亲爱的你们，今天是新年的第一天，充满了阳光的我要把这份爱和祝福也送给你们——我亲爱的宝贝们。谢谢你们一直在这里等我走完心灵的旅程。

心灵的旅程，是需要勇气去揭开的。

当我走得越深，会越排斥，越抗拒，越想逃离，却也更想知道生命的层层叠叠，何以如此。

于是重新走过了一次生命在母亲子宫孕育的历程，重新聆听了一次生命初来人世间的啼哭，重新走过了六岁孤独的童年，更重新走过了自己。

感谢大家深深的爱陪我走到这里，也希望你们能感受我的爱和感恩。

我终于知道，每个人的内心都有一个需要被治愈的小孩，也都有一个圣洁发光的小孩。

今天是新年的第一天，因为父母的健在，因为孩子的健康，因为心爱的人陪在身边，因为当下的阳光——感恩。

新年随想

2011年的第一天，家里人都快乐地在一起，所以，夜里很晚才睡去。

所以，次日沉沉地睡到上午10点半才醒来。答应家里人，今天开始学着烧菜！

窗外的阳光好得有点让人忧伤！突然间，好想听罗大佑的《光阴的故事》：

春天的花开秋天的风
以及冬天的落阳
忧郁的青春年少的我
曾经无知地这么想
风车在四季轮回的歌里
它天天地流转
风花雪月的诗句里
我在年年地成长
流水它带走光阴的故事
改变了一个人
就在那多愁善感而初次
等待的青春
发黄的相片古老的信

道是梨花不是。曾记。曾记。

以及褪色的圣诞卡
年轻时为你写的歌
恐怕你早已忘了吧
过去的誓言
就像那课本里缤纷的书签
刻画着多少美丽的诗
可是终究是一阵烟
流水它带走光阴的故事
改变了两个人
就在那多愁善感而初次
流泪的青春

遥远的路程昨日的梦
以及远去的笑声
再次的见面我们
又历经了多少的路程
不再是旧日熟悉的我
有着旧日狂热的梦
也不是旧日熟悉的你
有着依然的笑容
流水它带走光阴的故事
改变了我们
就在那多愁善感而初次
回忆的青春

也许在唱流年,颂岁月。

新年就应该告别过去!一切归零,所以,今天我可以在岁月中光华无限!

有爱的生命就是饱满的。

真实,就是生活。

温暖的新年

自从嫁人以后，第一次在合肥过年，好温暖。

一大家，加上弟媳肚子里的孩子总共十八人，够热闹，看到老人们都健康，孩子们都快乐，作为孩子和妈妈的我当然很开心。

年三十，深夜十二点，烧香、点烛、放爆竹。高兴。

年初一，拜年，吃饭，还有暖暖的阳光。

年初二，在我们家，好多人一起，大家都开心。

年初三，远平生日，燕子生日，今天是最大的日子。

明天，我又要出发。

阳光下，
慎重地开满了花，
朵朵都是我前世的盼望，
而沧桑了三十年后，
我们的魂魄却夜夜归来，
微风拂过时，
便化作满园的郁香，
新年快乐。

又到新年

下午我去了工作现场，回家后早早地睡下去，到现在又悄悄地醒来。忽然好想写点什么，2012年这个特别的一年又要走了。昨晚陪女儿在书房画画，发现了十二年前大学毕业的那本纪念册，灰尘在记忆中被轻轻地抹去，回想那些年的那个我、那个你，还好吗？又想到那部《那些年，我们一起追过的女孩》那部电影，还有叫我静静的人，好多好多……

有人说，爱永远不会变，只是情随着岁月而变。

我不知道，但我知道生命在，记忆就会永远在……只是我们都回不去了。也许生命本来就是一场回不去的旅程；千千万万的人都在今天的岁月里寻找，却没有答案。

创业，结婚，生子，于是我们常常丢失了过去，常常夜夜醒来，觉得自己还真实地活着，不过也常常询问自己，心丢在哪了？孩子、事业、亲人，环环裹紧了自己，并且告诉自己这是幸福的……没有哪一天不在努力，那个曾经的自己，到哪去了？不会自己去看一场电影，不会一个人去逛一次街，不会主动地约朋友偶尔相聚，我真的遗失了自己，为了责任、面子，还是人生的目标？

女儿说，“幸福就是永远和你在一起”，我想这场生命我们渴望的福缘共聚，就是美善人间。今天表姐到我们家，才四十岁，她心爱的人一觉后就再没回来，我装着把这个悲伤丢掉，不敢多说一点，但我知道你痛，这是我眼前的人间悲剧。

时光续不了杯，才让信任可贵；语言续不了杯，才让真情可贵。

我们也许都获得过重生，千千万万次重生。珍爱是我们在人间唯一可以做的。友人说在我的眼睛里世界没有坏人，我如果真的做到了，我想也许我幸运地借到了上帝的智慧，爱这个多彩的世界，化解前世今生的情缘，做一个善良、温暖、奋斗的女人，养育温暖的家。

在今天物质太多的世界，我只是希望在每个值得自己纪念的日子多点温暖，让心可以重建温暖的源泉。

我知道我是千万个生命里用心活过的一个，寻找是我永远的追求，没有答案。对于每个生命来说末日就是生命的终止，纪念我们都还活着。在2012年，我和你都在一起。

2013年新年致辞

亲爱的贝乐家人们：

今天你能来，我想在我心中，你就是贝乐的家人，时光荏苒，我们秉承爱的幸福理念，走完了风雨兼程的 2012 年，让今天告诉未来，让未来记住今天。中国的发展日新月异，贝乐的发展记忆犹新，从创建贝乐的那一年起，九年的

时间并不长，我们还在原来的轨迹上忙碌着，办园、拿奖、实现梦想。时间还是不怎么够用，家人还是偶尔会埋怨，压力从来不曾减少，更让人觉得还有很多的事情没有做。九年的岁月也不短，多少次做重大决策前彷徨无助，多少次在精神困惑中凤凰涅槃，多少次被触动心灵时温暖感动。回头看看，我不禁感叹，总有一些事情没有必要逼着自己做。做与不做之间是一种价值的判断，而我始终认为真价值不会被时间腐蚀，也许面对未来才是看清现在最可靠的办法。于是在毕业十二年后，在十二年教育岁月中，我们用六个月时间共同为孩子创建了安徽首家儿童职业体验馆。因为我看见老人满怀童真，孩子却满脸的沧桑，我们有使命，有责任，不管你认不认同，这是我们共同的使命，爱孩子，爱地球，爱未来。

在此回顾的同时，我还是要感恩，首先要感恩300名贝乐家人的辛勤付出，无论你在哪个岗位，我看没有看到，今天借此机会向你们表达最真诚的谢意。这一年你辛苦了，特别是贝乐的老员工们，谢谢你们这多年不离不弃，温暖地站在我的身后，站在贝乐的身后；其此，我要感谢我的亲密搭档——阿曾同志，快要七年的时间，和我一起把贝乐抚养长大，用无数的心血走在永远奋斗的道路上，你辛苦了。

再要感恩各位站在我身后的领导、朋友们，在痛苦中给我力量的人，见证我的成长，见证贝乐的成长。这是个女人勇于优秀的年代，也是关注优秀女性成长的时代，我很幸运，同时我懂得感恩，谢谢你们。

分享快乐，分享幸福，分享属于你我共同的岁月，带着期盼，带着梦想，2013我们又将起航。祝福不变，希望不变，期待更好的未来等着我们。祝福贝乐，也祝福在座的每一位新年快乐、合家幸福。

情人节快乐

我想要看到
最温暖的阳光
最有力量的微笑
感谢天上的月亮、星星和你
使我在黑夜里也能感到光亮
世上总有一颗心在期待
呼唤着另一颗心
假如有一天世界背叛了你
至少还有我为你背叛这个世界
如果可以,我宁愿是个孩子
空着双手站在你面前,期待你的怜悯
如果可以,我宁愿是个乞丐
从你的门前走过,我渴望,我的空碗能盛上你的爱
活着记在心,死了记在骨
黄昏
雨雪霏霏
相思涌动
行走的每一步与你同行

落座每一刻与你相伴
只身千里外
孤枕难眠
才下眉头又上心头
此时此夜难为情

亲爱的感觉到了吗？
我游向你
向你靠近了
像一曲美丽的探戈
用整个身体缠绕你
左右回旋中
彼此倾听，彼此凝视
肌肤下跃动的呢喃
你是否明白？

想你的时候
我抬头微笑
你的心
就是我的海角和天涯
我不能去得更远
那朵莲花盛开
因为你相信地久天长
亲爱的，情人节快乐。

秋天的教师节

每一年的教师节，都是丹桂飘香，鲜花盛放，在哪里都会感受到温暖的花香。

在北京的家和孩子在一起，还有亲爱的爸妈。

明天亲爱的过生日，本来可以在一起，却又要飞去上海开会。

飞机起飞前打电话回来关心我们，我们集体回短信，我们希望天天和你在一起。

幸福就在身边，爸妈，还有最亲爱的，在哪都无比快乐。

你是人间四月天

我说你是人间的四月天；
笑响点亮了四面风；轻灵
在春的光艳中交舞着变。
你是四月早天里的云烟，
黄昏吹着风的软，星子在
无意中闪，细雨点洒在花前。
那轻，那娉婷你是，鲜妍
百花的冠冕你戴着，你是
天真，庄严，你是夜夜的月圆。
雪化后那片鹅黄，你像；新鲜
初放芽的绿，你是；柔嫩喜悦
水光浮动着你梦期待中白莲。
你是一树一树的花开，是燕
在梁间呢喃——你是爱，是暖，
是希望，你是人间的四月天！

生日快乐。宝贝。

每个人是每个人的过客，每个人是每个人的思念。只愿很久很久之后，我

我的心散落在世界的角落里，失去的是青春，留下的是记忆。

们依然可以如初见一般。你有风清月白的微笑，我有安稳淡然的温暖，我们的交集，是相视一笑那么短，也是一生一世那么长。

往天涯的路程上，也许你一无所有，却可以与它们相依为命。看着它们眼中的天真，我们相信互相拥抱着就能取暖，互相依偎着就能生存。

如果不以真实的孤独交融，不以脆弱和天真彼此袒露，不以生命中深刻的喜悦和悲伤交付，我们又将如何爱这个世界？

桑德伯格将失去心爱的人，形容为“你脚下的那块地毯，随时都可能在完全没有警告的情况下被抽走”。这就是所有人类所面对的共同命运，谁都不知道自己会在何时遭遇这种被抽走地毯，站立不稳，甚至扑倒在地的不幸，我们只是假装这些事情不会发生，假装不知道手里拥有的每一天，都是从命运的手中夺来……

有人问上帝，喜欢与爱有什么区别？一个孩子，只见他站在花前，被花的美丽迷醉，不由得伸出手把花摘下来。上帝说，这就是喜欢。接着，上帝指了指另一男孩，只见他满头大汗地在给花浇水，又担心花被烈日晒着，自己站在花前挡光。上帝说这就是爱。喜欢是为了得到,而爱却是付出……

虔诚的等待——播下种子,然后等待花开。耐心是静心的生命气息。时间若是没到,什么也不会发生。每一件事情都需要时间来成长。

平淡似不带情绪的叙述,温暖如掌心,撕裂得却也无声无息,这也许就是生活最本真的状态,没有痛彻心扉,却如影随形。裹挟着心底对于过往最看重的一些情感匆匆向前,而那些过往也如晴天的积雪化为无形,却灌溉了心田。

如果你现在问我什么是成功,我会说,今天比昨天更慈悲、更智慧、更懂爱与宽容,就是一种成功。

人生是一场见证,见证一场又一场春夏秋冬,花开花落。人生是一场又一场离开,熟悉的陌生的,曾走近又走远的。

走过流年的山高水长,总有一处风景,会因为我们而美丽;总有一个笑脸,是为我们而绽放;总有一份遇见,唯美了整个曾经;总会有一个人知你冷暖,懂你悲欢。所有相遇的千回百转,为的是来到世上,遇到那个懂你的人;所有的过往,都值得我们珍惜;所有的经历,都是一种懂得,懂得,是生命中最美的缘。

向上飞,不要往后看。

有时候浓郁的友情看上去反而十分清淡,真的就好像一杯茶一样,初时浓烈,但随着时间流逝,逐渐趋于平和,而此时却又是恰到好处。 即使相隔多年曾谋面,一朝相会两颗心灵便会立刻对接上,无须任何寒暄与过度,双方就能相融为一体。

把教育当成终身的事业, 把美丽当成一生的追求。

人生中最好的告别是没有告别,就像所有珍贵的遇见都并非是出于蓄意一样,到后来,是否也应当非蓄意地让告别如水落花开一样就那么自然地发生。毕竟对于生命而言,接纳才是最好的温柔,不论是接纳一个人的出现,还是接纳一个人的从此不见。

有时是需要一些寂静的。如同我们在告别之后,才会确认一些发生。冷酷对待过的,更加清楚,无法遮掩。给予过真心实意的,也更令人怀恋。

如果我们顶天立地,生命将不失崇高,但是它轻盈灵巧吗?如果我们忍辱负重,人生将有所沉淀,但是能举重若轻吗? 我们能否多一点幽默,以化解苦难?我们能否多一点悲悯,融化僵硬的心灵?缺少这些元素,无论如何,都称不上智慧,你说呢? 远方的事,只是一面镜子;当下的路,还要我们深一脚浅一脚地走。

没有张扬的幸福, 亦没有幸福的张扬, 只有淡淡的相守。 就像这场相遇,没有抑扬,亦没有顿挫。 故事平淡得犹如一眼清泉,轻轻地,静静地流淌在岁月的长河里。 不起波澜,偶有涟漪。

流年漫漫,路过青春的年华,伤心也好,难过也罢,只是逃不了眼前的天空。记忆那么久,又那么浓,每当去整理它的时候,总会带着些期盼,带着些忐忑,总是希望能在心里某个未知的角落,发现一些年少时不曾懂得的答案!

孔明灯放飞的那一瞬间，有点泪湿的感觉，仿佛在冥冥中世界的角落里，会接受到这样的祈盼，生命本无价值可言，除非你选择并赋予它价值，幸福也不存在，除非你去创造，世界上也只有一种真正的英雄主义，就是你看清生活的本质后，依然热爱生活！因为明天和意外真的不知道哪一个先来……

海子说：生命中有很多东西，能忘掉的叫过去，忘不掉的叫记忆。一个人的寂寞，有时候，很难隐藏得太久，时间太久了，人就会变得沉默，那时候，有些往日的情怀，就找不回来了。或许，当一段不知疲倦的旅途结束，只有站在终点的人，才会感觉到累。其实我一直都明白，能一直和一人做伴，实属不易。

天生万物，天养万物，一切其实无须担心……你只要做的就是做好自己，不留任何遗憾。

有一天你将破蛹而出，成长得比人们期待的还要美丽，但这个过程会很痛，会很辛苦，有时候还会觉得灰心。面对着汹涌而来的现实觉得自己渺小无力。但这，也是生命的一部分。做好现在你能做的，然后，一切都会好的。我们都将孤独地长大，不要害怕。

我们善待生活中遇见的每个人，不妄自菲薄，不道听途说，有时候因为自己的善良，我们没有下定决心，其实，就是一念之间！亲爱的自己，明白了，就知道该怎么做了！

人生在世，注定要受许多委屈。而一个人越是成功，他所遭受的委屈也越多。要使自己的生命获得价值和炫彩，就不能太在乎委屈，不能让它们揪紧你的心灵、扰乱你的生活。要学会一笑置之，要学会超然待之，要学会转化势能。

智者懂得隐忍，原谅周围的那些人。时间一定会把我们生命中的碎屑带走，漂远，而把真正重要的事物和感情，替我们留下和保存。最终你看到这个存在，是心中一座暗绿色高耸山脉。沉静，安宁，不需任何言说。你一定会知道，并且得到。只是要学会等待，并且保持信任。

做一个称职的女人，对家庭对爱人，做自己该做的，做家庭需要的；做一个知足的女人，欣赏他，包容他，爱他，他是你的选择，更是你的骄傲；做一个可爱率真的女人，逗他开心，他的快乐是你最大的满足；做一个幸福的女人，有让自己、家庭幸福的能力，温暖一切爱的人，执子之手，与子偕老。

人生如画，难勾过往。年少岁月，尽是荒唐。那时年幼，懵懂无知，行事思量浑不计后果。那些过往，如此清晰，仿如昨夜。岁月无情，我正一天天长大，而父亲也在慢慢老去，他就好比那一片广袤无边的沙漠，不知不觉中，我已变成了他生命中那一片绿洲。

爱是人类唯一的救赎。

人的长旅，或许就为这片田园而来，但最终也只能将其存于心中！

爱很奇怪，什么都介意，最后又什么都能原谅；就像泰戈尔说的：眼睛为她下着雨，心却为她打着伞，这就是爱情！

对于善良、公平、正义笃信不疑并且去身体力行，也是一种信仰，信仰人性的良性价值！

我们在孩子身边，就像阳光照在大地，无声无息，却温暖无限。

我们，放下一点什么吧，前方的路还很长，不要带着沉重上路，再美好的东西，如果已成负担，也请咬牙舍弃。加油，陪君醉笑三万场，不诉离殇。

能够被称之为信仰的，不是叫人畏惧、战兢的力量，而是一种全备的爱，不是凭着法律约束人的行为，乃是用恩典挽回人的意念与行为，不是害怕惩罚而被动地回应，而是怀着爱、敬畏的一种自由，主动的回应……

所谓的青春和成长，我想，是所有往事的风都被吹散，凝成一团回忆的海，在生命的深处，然后仍有梦，我们并不孤独。

我们其实首先是自己喜欢，是明明长大了，却仍旧忘不掉童年的简单和快活。我们喜欢那种文字和故事里的情感和诗。

有时候，我们愿意原谅一个人，并不是我们真的愿意原谅他，而是我们不愿意失去他。道歉并不总意味着你是错的，它只是意味着你更珍惜你们之间的关系。爱，不是寻找一个完美的人，而是学会用完美的眼光，欣赏一个不完美的人。专一不是一辈子只喜欢一个人，是喜欢一个人的时候一心一意。

我们实际上没有土地的归属感，城市归属感、我们不知道自己根在哪里，也许只在我们自己的精神世界里。

具有豁达性格的人，即使在生命僵死之处，也能看到他们眼睛里流露出的光彩。

这个世界，有一群人被别人认为活在幸运里，活在光环下，活在云端里，其实没有一个人体有完肤；之所以不去诉说，不去呈现，是因为觉得生命在伤害中也得到了成长的动力，人生、亲情、爱情、友情，都是支撑的力量，托着那些一次次想要倒下的生命，于是开始重生。

无论明天是否陌路，依旧感恩有过的相逢。多看阅读：每个人的一生，都会邂逅几段或深或浅的缘分。只是时光长短，萍聚云散，由不得你我做主。穿行在摩肩接踵的人流中，缘分会指引你，找到那个与你心意相通的人。或许这世间没有谁，能够陪你真正走到终点，但我们依然要感恩那些深刻的相逢。

鸡蛋从外打破，是食物；从内打破，是生命。人生，从外打破，是压力；从内打破，是成长。 心外求法是聪明，心内求法是智慧。

面对一个新行动的开始，我们所需要的不仅仅是翔实可行的计划和身体力行的决心，更需要的是相信计划会成功的乐观心态和满心欢喜的期待。

有的人，用人生的长度来验证信仰；有的人，用信仰的教化来拓宽人生。虽然每个人都在演绎着不同的角色，但他们都在不知不觉间踏上寻找的路途……也许有时要用虔诚的心寻找心灵深处的回归……

春雨淅淅沥沥，打湿岁月的眼睛，在破土的瞬间，一脉相承。而我如此喜欢听雨的笑声。

每一件事物的发生，背后必定有一种生命的品质让你学习。当负面的事件发生时，需要有维护自己的勇敢，也要有理解人心复杂的慈悲。如果我们能看见这份品质，这世界上便没有负面可言，每一份负面都是成熟的动力。

我的宝宝贝贝

人生,一半要争,一半要随。

争,不是与他人争,而是与困苦争。

随,不是随波逐流,而是知止而后安。

如果有一天,你找不到我了,千万不要难过,不是我不爱你了,也不是你错过我了,而是我终于有了勇气离开,但请你记得,在这之前,我真的傻傻地等过。

爱就是我需要你的时候,你都在。

佛说每个人所见所遇到的都早有安排,一切都是缘。而无论你几岁,当你遇到你爱的人时,便是你最美的时候。而不管谁,一生总有那么一刻,比夏花更灿烂。

缘起,在人群中,我看见你;缘灭,我看见你,在人群中。

生与死,都是生命的一部分。

死亡,不过是生命的完结,生命的最后一步。

泰戈尔说,生如夏花般灿烂,死如秋叶般静美。

绘本《一片叶子落下来》中说："对于不知道的事，我们全都害怕，这很自然。不过，春天变成夏天你不害怕；夏天变成秋天，你也不害怕。这些都是自然的变化。那么，你为什么要害怕这死的季节呢？"

死亡，是一种分离，它必然会让人痛苦，我们害怕离别，是因为我们的爱还在一起。

如果我们铭记所爱之人，如果我们住在彼此的心里，死亡就不是分离。

所有过往的存在，让过一天少一天的人生，越来越值得珍惜。是啊，所有真正的积极，多半是建立在笃定的绝望之上。没有谁能幸免，这样也好。

"不管要不要在一起，最终都要面临分离。"

很多事都是这样，时过境迁，花相同，人不再。时光就是这么样的一个东西。

如果每一个人的出现同时就附带着告别，如果每一件事的发生就注定了不可逆转的结束，那么答案早已预备好了在时光之外：我们唯一能做的，只有也只有为每一个此时此刻，尽量奉献出最好的赤诚。

半盏流年，清风浅浅，卿心不变，君情待挽。

千年之约，困住了谁？一眼回眸，惊艳了谁？那年烟雨江南锦世无双，你可留恋？

那人沉鱼落雁国色天香，你可难舍？往昔，我已难忘，而你，却已不见。

岁月静好，念一段容颜未老，紫陌纤尘，谈一句向来缘浅，奈何情深？若无心何必再捻，若无怨何必再探，若心亦冷何必再忆，若情非得已不如放一把火，灰烬记忆灰烬阑珊，不回眸，一笑而过，当作过客匆匆又有何不可？

我为古风而书写疯狂，我为执念而深情如往，卿可知，夜微凉。

斟上满杯清酒，听风浅吟，与月同醉，忆一段时光，捻一片风月，几多往事锁了清寒于眉间。

琵琶悲语，杏花影疏，最是浮生话凄苦。

红尘踌躇，幽幽难书，更谢春红无数。

落英若素，黯然极处，谁怜空盼驻足。

一个民族，当女人不懂爱情，男人不知风骨，就算江山如此多娇，也照样随时满目荒芜。

心是一棵树,爱与希望的根须扎在土里,智慧与情感的枝叶招展在蓝天下。无论是岁月的风雨扑面而来,还是滚滚红尘遮蔽了翠叶青枝,它总是静默地矗立在那里等待,并接受一切来临,既不倨傲,也不卑微。

严歌苓在《波西米亚楼》中写道:“漂亮和美丽是两回事。一双眼睛可以不漂亮,但眼神可以美丽;一副不够标致的面容可以有可爱的神态;一副不完美的身材可以有好看的仪态和举止。这都在于一个灵魂的丰富和坦荡。”

这世上,男人对女人的好只有一种,真正爱你他会懂得给你足够的安全感和爱,对于表面上对你好然后再和别的女人玩暧昧搞出轨,那他一样不爱你。

这个春天的节日。陪着孩子老人。三十的烟花灿烂如花。让人想起邂逅的意义只在于交会的光华瞬间。去甲米和普吉,暮色中的海洋平静而无边,盛开在世界里。美得令人难以置信。未曾理解活着的意义,却对她如此的留念,只是自然陪伴我们孤独,会无声地伤感。有些人,有些事,提醒我们曾照耀彼此,粉身碎骨,并依旧念想。对时光,对痛楚,如此甘愿承受和珍重。仿佛春天盛开的茉莉,淡然却沁人心脾。十六岁少女的心没有随着青春逝去。愿意简单、剔透并天真。如果你是那个对的人。

很多时候,爱不能说,一说就破,爱亦不能肆意燃烧,它只能是那个拥抱,所有的惦念和牵挂,所有的愿望和梦想,有这个禅意的拥抱,足够了。因为许多刻骨铭心的东西,原本就是云淡风轻……

后来许多人问我，一个人夜晚踟蹰路上的心情，我想起的却不是孤单和路长，而是波澜壮阔的海和天空中闪耀的星光。

新年的第四天，阳光正好。从甲米到普吉的路途蜿蜒曲折。一大家子的人缘起于我，共一段芳香的旅程，心中燃起的是对爱的敬畏。因为爱，或者说因为曾经的爱，我仍然在做那个爱的天使。去尽一份爱的责任。宽容和接纳融化的是自己，成长的也是自己。我想千山万水链接的、疗愈的、那些内在的伤害在阳光下出走吧。棕榈树下阳光斑驳，远处山峦在云间起伏，风尘仆仆的当下如何善始善终命里的缘分？未来在哪？在这一刻芬芳的当下，万紫千红。我终究是要牺牲。那是灿烂之后的沉静，繁华过后的从容，还是重生过后的落寞？

三角梅在这里灿烂炫开，这是生长它的地方。多希望我的阳台上的梅也可以如此绽放。繁盛是这里的面相，云朵千里万里地送我们远行。那么美。那么美。愿以一颗莲花的心收藏那些给予的爱和生长的力量。让每个遇见都是永恒。

生之美好，那就是我们还有力气去爱。说一生所爱，就是愿意陪末路英雄走完他选择的路，我不是为爱忠诚，也没有脑残迷过谁，即使知道，爱后面的失望可能是一万次。

即使浸透生活的寒意，也始终不渝相信：这个时代的女人如何，一定是在她身边簇拥着的男人如何，一个时代的泼妇越多，一定是那个时代的懦夫太多。祭奠随着四季随着时光变幻外在，从不放弃却又难以陈列自己追求的、孤寂的心。告诉自己做个温暖的女人，知情识趣。

每一位英雄都会走向末路，每一个神仙都将走下高台，所谓人生就是如此。万丈红尘里，有人同行，陪自己走下去，是一个时代的陌路，是下一个时代的开端。

有时想，女人的确幸之一大概就是努力给很多人看到成熟的同时，对于少数人，还能不顾掩欠，保留没有什么顾忌的少女心。后来所谓纯情的意思，不是不谙世事，而是没有怨怼。但愿认真活着的我们，在狂欢并落寞的人群中，有温暖，知自由，更多纯情，更少怨怼。

愿我更多地懂得。不纠结，不伤害。不是所有的伤痛都需要呐喊，不是所有的遗憾都非要填满。愿鲁愿愚，带着爱行走这一世。

千年等一回，我佛，我心，我爱。新年快乐。

人生在放弃对不变的执着之后开始接近幸福的本质。不论落花流水，或者云卷云舒。前一秒生死相许，后一秒绝尘而去，都是“珍惜”的一体两面。“生无可恋”不因为不够好，而是因为，或许一切都太好。

张小娴说，“在未可预知的重逢里，我们以为总会重逢，总会有缘再会，总以为有机会说一声对不起，却从没想过每一次挥手道别，都可能是诀别。每一声叹息，都可能是人间最后的一声叹息。”

生活，有的人刺青以铭记，有的人剪发以明志，有的人日记以旁证，有的人沉默以封存。

我们曾这样认真而庄重地对待过

那个人、那件事
那个决心、那份感情
带着对人对己的尊重
带着不留遗憾的洒脱

我们曾用笨拙而诚心的行动
感恩感谢周遭一切的相遇
也学会心平气和地笑着再见
带着新的使命
做次正式告别

把那些辗转难眠、伤痛欲绝从身体里挤出去。因为就算是白雪公主也得咬一口毒苹果，睡美人从十六岁开始活得像一颗菜。不绕路不迷路，不跌倒不脱队，就一定不会得到。没有那样的童话。在我的童话里，你是永远的王子。

烙印在心底的既然擦不掉，就得想办法与它共存。努力与记得都不是一个人的事。

人们说，时间是看不见的，但是其实它无处不在。岁月刻画山川，蔓延在眉眼，四季凝聚白雪，覆盖住鬓发。长大与老去有时都在一瞬间，像失去，像得到，像终于明白了世界上有很多事，不是披星戴月地赶，咬紧牙关地忍就会实现。

消失的时光，决堤的感伤，尘满面，心如霜，不语泪千行。

人生都有无法治愈的伤痕，在上了无数药包后变成了硬硬的壳，那个壳里桎梏着真实的孤独的自己和陈年的委屈，在不经意的岁月里，会提醒你，伤痕犹在。铃兰开在四月，枫叶红于秋天，天地万物都有属于自己的季节。愿我们都可以放下，开始新的里程……

什么是爱情？张爱玲会说："我认为的爱情可以填满人生的遗憾。然而，制造更多遗憾的。却偏偏是爱情。"

秋风正好。除了真诚地对待这个世界，我无以回报。

不要以岁月去丈量一切，需要做的，是不辜负岁月。

有人说骄傲败给时间，缠绵败给流年，那么我要说，世界会善待每一个有爱的人，纵使没有奖状、奖杯，它知道它欠你一个好的结局。愿你能够勇敢转身，不再与不值得的相拥。愿你投向的怀抱，从此都属于应该的人。

我们的人生最好的状态就是再别无所图。

但愿那时候的你，明眸皓齿，像阆苑仙葩。

但愿那时候你对面的人，赤子之心，如美玉无瑕。

但愿那时候我们的环境，公平谦逊，往来无白丁。

我们从万千茶盏中选中一只，不是因为它的功效，而是因为心动喜欢；我们在万千人中互相找到，不是因为可以利用，而是因为遇见欢喜。

你的呼吸是一首诗，刻在春天的碑文里。我的回忆是半封信，藏在无法投递的想念里。

人生即使是一段迢遥长途，通往无底的深渊，也暂且放下。没有过去，没有未来。所有的创伤和离别把它推远，推远，推到下一刻边缘。

世间万物都是因缘和合而生，而灭，喜悦属于有担当的人。尽力去爱，去给予，彼岸已达，此岸即无。珍惜。

即便我们最终会离开这个世界，要担心的不是离开自己所眷恋和痴迷的一切，比如亲人、爱人、外物。而是应该问自己，这一生是否做过对他人有帮助的事情，是否充分而投入地爱过，是否内心平静、完满而无所缺乏。

人生是一场旅程。我们经历了几次轮回，才换来这个旅程。而这个旅程很短，因此不妨大胆一些，不妨大胆一些去爱一个人，去攀一座山，去追一个梦……有很多事我都不明白。但我相信一件事，上天让我们来到这个世上，就是为了让我们创造奇迹。

不应有追求的执着，但也没有丝毫的消极。全心全意做完一件事情，也可以什么都不做。用全部身心爱一个人，也可以消失。没有黏滞和妄求的内在，这是一种训练。每个人都需要掌握一些可通过训练得到的基本技巧，知道如何不伤害自己。

只有懂得不伤害自己，才可能做到不去伤害别人，伤害身边的事物。

即使人生要学会不断地放下，最令人难过的还是没有好好地告别。也许，偶然，一个人出现在生命里，却用余生相望。

可以接受一朵花绽放后褪色、残缺、干枯、凋谢，却为什么要强求别的永久不变呢？当花朵供养出它的芳香，毫无心机，只要你观望和悦纳就足够了。不占有，不紧抓，但相互的一刻全部投入。接受任何一种结果。

很多时候，如此努力地活着，不过只是因为，还有某些约定，值得相信，还有某些希望,值得等待。

生活里留着一些鸡肋般的关系,只能说明勇气不够。断舍离也包括终结一些无药可救的人,这不代表有错。想想那些形式化的冷漠的婚姻,那些没有赞美和性爱的婚姻,那些只为了让自己心里好过而忽略对方苦痛的婚姻。需要一些离开的决定,这表明心在生长。

不为自己或他人寻找、想象、编造各种理由及借口。该分手的时候,轻轻一个转身就可以离开。不到时候,再多痛苦也只能扛着。时间一到自然卸下。

生命需要做减法。真正的相爱,而不是期待和恐惧。

承诺和牺牲会让人们深深地爱着彼此,并在轮回中终结因缘。像天上的满月,一心一意。千山万水,海角天涯。脱胎换骨,心怀虔信。也许遇见一个彩

虹般的人。也许他就是自己。

或许我活在你的心中，是最好的地方。在那里别人看不到我，没有人能鄙视我们的爱情。

若岁月是幅画，浓淡相宜，注重留白，每一笔描绘，都是对生命深深的热爱。

那天中午，你把第一次送给我的佛珠重新穿了，又给了我一串新的。原先深红的这串是智慧，这串纯白的是慈悲。院子有一棵果树，坐在光影中，彼此说了一些恳切的话。我知道每一刻不是永远会这样的，而此刻的意义就是全部和永久的。

经常想对你说，想你。人生很短，见到你的次数很少。但每一次我都记得，仿佛以此才在无常中确定了一些标界。如果想念能够像心咒一样具备能量，那么，无形中，每一次的想念都是在累积。累积成一条始终在流动的沉静的河。

你是我的镜子，钻石。照见自己的心。磨砺这颗动荡、粗重、不净、不驯的心。带上绒衣、手织的围巾、红袜子、草药、一封手写信。那个山谷已经下过雪了。任何事物都应映照出我们内心清净的缘，这于我们自己有益。

生活夺走了我们多少勇气。

但总有些人，还保持着贵重的人品，不在意时代的声音。

韩愈《幽兰操》写道："兰之猗猗，扬扬其香。不采而佩，于兰何伤。"高贵的人格，即使无人欣赏，也不会受到丝毫损耗。

女人，大美为心净，中美为修寂，小美为貌体。男人，大智为信仰，中智为克己，小智为财奴。

每一个生命都在自己的轨道上，感受到内心的温柔怜悯，曾善良地相待，这样就可以了。哪怕时间不长，这也会成为一个善良的缘分。我们不可能面面俱到，把任何事情都做到完美。也不可能帮助到每一个对象。至于能在一起多久更是不可测量。顺其自然地行善，已是很好的态度。

在无数人自愿被物化的年代，忠于内心去选择让你身心放松、通体发光的那个爱人，变成了一件多么遥远的事。

期待我们都能做到。

此刻，当下，如果心里是幸福的，那么，它就是幸福。

知足可以让心安稳。若能了解他人更多的所谓为爱痴狂的痛苦，对这份幸福自会生发出真正的感激。对手中所拥有的，应给予更多的珍视。

人间是道场，淤泥生莲花。

天地生意，花草一般。何曾有善恶之分？子欲观花，则以花为善，以草为恶。如欲用草时，复以草为善矣。是非善恶，只在一念；澄然本心，本是不动……

最美的爱情是埋藏在心底的两条暗河，隐秘的汇合处，波光粼粼，春光旖旎。美好的爱情犹如一本好书，你还未开口，它就已经全然懂得。怦然心动处，黯然欣喜，心驰神往，情投意合。最美的爱情是白马入芦花，分不清彼此。

她问，什么是爱情，他说，我心里全都是你。

因为想你，所以窗外万紫千红。

当爱情逝去，无须计算得失，也不必试图讨回公道。沉默是一种气度，也是另一种自保。而那些无怨无悔付出过的爱，是岁月长河里永恒闪耀的星辰，是我们自己给自己的一个交代。

我没有很刻意地去想念你，因为我知道，遇到了就应该感恩，路过了就需要释怀。我只是在很多很多的小瞬间，想起你。比如一部电影，一首歌，一句歌词，一条马路和无数个闭上眼睛的瞬间。

再美的耳钉到了夜晚都要拿下来。生命本身需要清静，安宁和干净。伤害和幸福，最终留下的都是一种空旷。烟火，流年，满地的余烬。我相信时间。

告别，不过是一瞬间的事情，各奔西东。而我是一个从来不做任何准备的人，不准备前进，也不准备后退。我们已经开始慢慢地变老，让我们彼此相忘，无言以对，走到时间的前面。这样很好。我已经承认，并且接受。我只是一个驻留在原地静默而固执的女子，轻轻听到自己对你说，再见。爱人。我们不再相见。

爱到最后，所有的情还要从单纯的耳鬓厮磨、缠绵悱恻走出来，再聚拢到另一处，变成生命里不绝的心疼和牵挂。懂得心疼所爱的人，爱，才从激荡的情感回到了沉静的生命之中。

愿你强大到无须有人宠爱、有人心疼、有人娇惯，却依然幸运到有人宠爱、有人心疼、有人娇惯。

愿你所爱的人，最后会成为陪伴在你身边的爱人，永生执手相望，温柔相待。

婚姻为什么叫围城，就是把两个人从散养变成一定程度的圈养，城墙高筑，筑起一些保护，也筑起一些约束，我们都要改变一些原有的习惯，适度妥协，允许自我和个性适当减损。感性相爱，理性取舍，成熟处事，理智面对围城里的深情，也勇敢担当存在的风险和变数。

所谓此情深处，亦不过是经年之后，仍有相看不厌的隽永，和余味犹欢的眷恋。

后来再遇到心动的人，我都会想：算了，朋友就很好了，真的很好了。

这一夜，琼枝玉叶，纪念开始，也是另一种告别；为曾经的心动、温暖、迷恋；也为当下的彷徨、迷茫和纠结；原来爱情如花，一季中花开花谢，下一季还会春暖花开，是雪背叛了冬，还是春天温暖了爱？